KB067911

싸
가
지

생
존
기

손현주
장편소설

싸가지 생존기

특별한서재

차 례

원래 싸가지라는 말은 '싹수'(어떤 일이나 사람이 앞으로 잘될 것 같은 낌새나 징조)를 낮게 이르는 말로, 그 어원이 정확하지는 않으나 '싹+-아지'로 새싹의 '싹'에 '강아지, 망아지'처럼 작은 것을 뜻하는 '-아지'가 붙어 만들어진 말로 이 책에 쓰였습니다.

똥바가지 썼다

기어이 똥바가지를 쓰고 말았다. 우리 가족이 양평으로 이사 가는 날 내 기분이 그랬다.

북한강로를 한참 달리자 양평으로 진입하는 길목에서 우리 가족은 정체 구간을 만났다. 2차선 도로를 꽉 메운 차들이 짜증스레 경적을 울려댔다. 하필이면 이삿날이 토요일이었다. 이삿짐을 실은 트럭은 마치 막힌 대장 속에 갇혀 버린 똥처럼 도로 가운데에 흉물스럽게 서 있었다. 하늘은 더없이 파랗고 구름은 무심히 떠 있었다.

"주말에 이사하는 게 아닌데…… 차라리 걸어가는 게 낫겠네."

엄마는 길 위에 늘어선 차들을 보며 투덜거렸다.

"이 사람아, 누가 이럴 줄 알았어."

아빠는 엄마의 핀잔에 다행히 크게 화를 내지 않았다. 시속 10킬로 이상을 달리지 못하는 차에서 내리고 싶었다. 나는 '살아본 사람들이 이야기하는 전원생활의 단점'이라는 유튜브 동영상을 보며 지루함을 견뎠다. 내용은 이랬다.

일단 전원생활은 과자 한 봉지를 사더라도 운전을 해야 가능하다. 그러니까 슬리퍼 질질 끌고 나가 과자나 짜장면을 사 먹던 이런 즐거운 생활은 할 수 없다는 이야기다. 한마디로 배달이 어렵다는 이야기다. 치킨과 짜장면을 포기하면서 전원생활을 견디라는 이야기다. 그런데 내가 진짜 차에서 내리고 싶었던 이유는 배달 문제가 아니라 뱀이나 쥐가 문제라는 유튜버의 말 때문이었다. 뱀과 쥐라는 말에 등골이 오싹했다. 특히 밤이 되면 너무 조용해 부스럭대는 소리만 들려도 무서워 잠을 못 잔다고 했다. 양평으로 이사 간다고 했을 때 끝까지 고모 집에 남겠다고 고집부리지 못한 게 후회되는 순간이었다. 그래, 지금이라도 늦지 않았다는 생각이 들었다.

"아빠, 차 좀 세워주세요."

"어차피 차가 안 간다."

코란도가 또 말썽이다. 내가 유튜브를 보는 동안 차가 멈췄는지도 몰랐다. 아빠는 갓길에 차를 세워 두었다. 덩달아 이삿짐 차도 멈추었다.

"진짜 가지가지 속 썩이네."

"그러길래 진작에 정비 좀 받아보라고 했잖아."

엄마의 짜증 섞인 말투에 아빠는 후드에 머리를 들이박고 엔진을 살폈다. 문제가 생긴 게 분명했다. 아빠는 그렇게 얼마간 후드를 만지작거렸다. 나는 아빠에게 좀 전에 봤던 동영상의 내용에 대해 말하려다 관뒀다. 그렇게 얼마 동안의 시간이 흘렀다.

"혹시 지금 이사 가는 집에 쥐하고 뱀 있어요?"

"뭔 뚱딴지같은 소리야! 뱀은 뭐고 쥐는 뭐야? 요즘 시골에 그딴 거 없어."

잠시 후 시동 걸리는 소리가 들렸다. 차가 속도를 내며 정체 구간을 벗어나 강과 산을 끼고 달렸다. 빨간 버스 표지판도 보이지 않았고 시내버스도 보이지 않았다. 더구나 가도 가도 사람이 살 만한 집은 보이지 않았다. 노폭이 좁은 길을 고불거리며 가는 사이 속이 울렁거리며 멀미가 나기 시작했다. 차가 잠시 갓길로 멈춰 섰다. 나는 차에서 내려 웩웩거렸다. 아빠가 차에서 내려 내 등을 쳐주었다. 나는 아빠가 등을 쳐주는 것이 달갑지 않았다. 이런 촌구석으로 우릴 끌고 들어가는 게 다 아빠 탓이었다.

"좀 쉬었다 갈까?"

"아, 됐어요. 가요!"

나는 불만스러운 얼굴로 뒷자리로 가 웅크리고 앉았다.

"엄마랑 자리 바꾸자."

"오진숙 씨는 신경 쓰지 마시지."

"저 말하는 싸가지 좀 봐."

나는 엄마가 묻는 말마다 고분고분하지 않았다. 양평으로 오게 된 것은 내 의사와는 무관한 일이었다. 이사 문제로 한바탕 다툰 뒤 엄마와는 최소한의 말만 섞었다. 엄마가 걱정스러운 듯 뒤를 돌아보았다.

서종면이라는 이정표가 눈앞에 보였다. 우리가 가야 할 목적지는 양평에서도 중미산 쪽으로 쑥 들어가는 마을이었다. 리가 붙은 마을에서 살 거라는 생각은 단 한 번도 하지 못했다. 꼬불거리는 국도는 내 마음을 어지럽혔다. 논과 밭을 지나는 동안에도 불길한 예감이 등을 타고 머리로 올라왔다. 헨젤과 그레텔에 나오는 마녀라도 불쑥 튀어나올 듯했다. 과자로 만든 근사한 집은 나오지 않았다. 핸들을 잡고 운전하는 아빠의 뒤통수를 너무 오래 본 탓인지 자꾸 속이 메슥거렸다.

서종면으로 들어서자 어수선한 사거리에 재래시장이 보였다. 시장 입구에 양평시장이라는 파란 간판에 빨간 글씨가 한눈에 들어왔다. 촌티 팍팍 나는 간판이었다. 비좁은 길에 승합차와 배달 오토바이들이 뒤엉겨 질서가 없었고 시장에 나온 사람들의 평균 연령은 예순 이상으로 보였다. 이런 보잘것없는 산동네가 뭐가 좋다고 이곳으로 정했는지 아빠의 속을 알 수 없었다.

"여기가 양평시장인가 봐?"

"읍내에서 제일 큰 시장이야."

아빠는 엄마에게 자랑스럽게 얘기를 했다.

"저 콧구멍만 한 게 슈퍼야, 심란하네."

엄마는 재래시장을 보자 겁부터 먹었다. 늘 코앞에 제법 큰 슈퍼와 5분 거리의 할인마트를 끼고 살았던 엄마로선 난감할 수밖에 없었다. 엄마는 닥쳐온 현실을 읍내시장에서 먼저 느낄 수 있었다. 읍내 어느 곳에도 극장이라고는 눈을 씻고 찾아봐도 없었다. 영화를 좋아하는 나로서는 받아들이기 어려웠다.

"학교는 어디야?"

차 안에서 내내 잠만 자던 재석이가 일어나 학교부터 찾았다.

"여긴 아직 시내야."

"이게 무슨 시내?"

재석이는 양평시장을 보더니 실망한 눈치다. 좁아터진 시장통을 힘겹게 차가 빠져나올 때부터 뭔가 심상치 않았다. 아빠가 귀촌을 결정한 순간부터 한시도 마음이 편하지 않았다. 모든 게 아빠를 위한 일이고 어쩔 수 없는 선택이지만 마음은 썩 내키지 않았다. 양평이란 지역에 부유한 사람들의 별장이 많다는 사실 정도만 알고 있었다. 창밖으로 보이는 풍경은 산으로 둘러싸여 산수화를 보는 것처럼 지루했다. 이런 곳에서 생존할 수 있는 것들은 들짐승뿐일 것 같았다.

양평 읍내를 지나 10분 이상을 달렸다. 작은 다리와 산모퉁이를 끼고 이삿짐 차와 지프 차는 언덕길을 힘겹게 오르내리기를 반복했다. 가면 갈수록 울창한 산이 양 옆으로 겹겹이 에워쌌다. 꼭 군인들이 사열하듯 나무들이 빽빽했다. 이런 깊은 산이라면 밤마다 살쾡이를 볼 수 있을 것 같았고 귀신이 불쑥 튀어나올 듯했다. 눈 덮인 비닐하우스와 허수아비들이 각설이패처럼 처량맞게 줄지어 서 있었다. 밤중에 저 허수아비들을 본다면 귀신으로 착각할 정도로 황량했다. 작은 무지개다리를 하나 건널 즈음 길 옆 나무 간판에 마을 이정표가 보였다. 아빠는 창문을 내리고 밖으로 얼굴까지 내밀며 크게 숨을 내쉬었다.

"중미산이 가까워서 그런지 벌써 공기부터 다르네. 진짜 살 것 같아."

아빠의 살 것 같다는 말이 내게는 죽을 것 같은 답답함으로 다가왔다. 아빠는 병풍처럼 둘러친 산을 보며 연신 감탄했다. 그러니까 살 것 같은 사람은 오직 아빠뿐이었다. 별장처럼 근사한 전원주택과 미술관 등 잡지에서 보던 건물들을 모두 지나쳤다. 잠시 후 눈앞이 가물거리기를 얼마간 했을까.

"우리 집이야. 모두 내리렴."

엄마의 상기된 목소리가 내 귀에 들렸다. 내가 잠시 졸고 있는 틈에 이삿짐 차와 코란도는 나란히 배롱나무 아래에 멈춰 섰다.

"이쪽이야."

아빠는 벌써 차에서 내려 나와 동생을 기다리고 있었다. 나는 아빠가 말하는 쪽으로 눈을 돌렸다. 그 순간 가슴이 철렁 내려앉았다. 눈앞에 보이는 집은 내가 여태껏 상상한 유럽식 펜션이 아니었다. 농촌 박물관에나 있을 법한 허술한 기역 자 형태의 농가주택이 산을 등지고 있었다. 도로포장도 되어 있지 않은 길 앞에 논과 밭이 한지처럼 펼쳐졌다. 길가로 난 큰 창은 도둑이 드나들기 딱 좋아 보였다. 집 뒤로 보이는 산도 마음에 들지 않았다. 산기슭 외딴집이 따로 없었다. 나는 돌아갈 수만 있다면 서울로 확 달아나고 싶었다.

나는 차에서 내리기 싫었으나 아빠의 독촉에 마지못해 굼뜨듯 내렸다. 그때 '비켜!' 하는 소리가 들렸다. 순간 차 쪽으로 몸을 바짝 기댔다. 눈앞으로 번개처럼 뭔가 휙 하고 지나갔다. 자전거였다. 자전거를 탄 여자애 등에 관절인형이 위태롭게 매달렸다. 여자애가 뒤를 힐끗 돌아보더니 별거 아니라는 듯 달아나 버렸다.

"뭐 저런 싸가지가 다 있어. 사람이 다칠 뻔했는데 사과도 없이."

"진짜 위험했어."

엄마가 자전거 꽁무니를 보며 말했다.

"여긴 도로와 인도의 구분이 없으니까 늘 조심해야 돼."

아빠가 말했다.

"저런 싸가지. 다시 만나기만 해. 꼭 사과를 받고 말 테야. 저 등에 매달린 인형은 또 뭐야?"

나는 분이 풀리지 않아 계속 투덜댔다.

"안 다쳤으면 됐어. 우리 집 어떠니?"

아빠가 내게 집을 좀 보라고 재촉했다. 가까이서 본 우리 집 은 허술하기 짝이 없었다.

"이 집이 진짜 우리가 살 집이라는 거지?"

"그래, 이 집에서 5년간 살기로 계약했어. 겉보기엔 허름해 도 손을 좀 봐놔서 쓸 만해. 이 집 고치느라 한 달간 죽는 줄 알 았다. 풍광이 최고야!"

아빠는 팔짱을 낀 채 자랑스럽게 내게 말했다.

"이런 집에서 어떻게 살아? 벌레가 우글거릴 것 같아."

재석이는 인상을 구기며 불평을 했다.

"저 지붕 위 좀 봐라. 전갈이라도 나올 것 같아. 아무래도 두 꺼비라도 불러야겠어."

"누나, 두꺼비는 왜 불러?"

"너 이런 노래 알지? 두껍아 두껍아 헌 집 줄게 새집 다오. 두꺼비한테 빌어서라도 집을 바꾸고 싶다."

　　　　　　　　　　　　　　　　　　싸가지 생존기

"그런 소리 마. 요즘 농가주택 구하기도 어려워. 이런 집이 얼마나 인기인지 알아?"

아빠가 내 말에 쐐기를 박듯 말했다. 아빠는 세상의 패러다임이 바뀌었다는 걸 내게 주입시켰다. 아빠는 그 패러다임에 현명하게 처신하고 있는 사람처럼 행동했다. 그런 아빠의 행동이 별로 마음에 들지 않았다. 딱정벌레처럼 낮은 지붕의 저 집이 진짜 우리 집이라니 믿을 수 없다. 정말 심상치 않은 집이었다. 나는 선뜻 집 안으로 들어가기가 망설여졌다. 아빠는 열어놓은 대문 사이로 성큼 들어섰다. 나무 대문에서 끼이익 하는 소리가 귓전에 들렸다. 기분 나쁜 소리였다. 마당 안으로 들어서자 잡풀들이 겨울을 나느라 쇠해 있었다.

아빠는 앞마당을 지나 담 사이로 난 좁은 샛길을 통해 뒷마당으로 우리를 안내했다. 뒷마당은 앞마당과는 달리 넓었다. 전 주인이 놔두고 간 개집과 닭장이 텅 비어 있었고, 작은 텃밭에는 뽑다 만 얼은 배추들이 뒹굴고 있었다. 마당 구석에 깨진 장독대가 볼품없이 놓여 스산하기까지 했다. 한마디로 요즘에도 흔히 볼 수 없는 시골집 그 자체였다.

나는 마당 사이사이로 난 주춧돌을 밟고 미닫이 현관문을 열어젖혔다. 도어락도 없이 스르르 열리는 미닫이문이 참으로 낯설었다. 현관 안으로 들어서자 아빠가 공들여 고쳤다는 거실이 한눈에 들어왔다.

"그러니까 여기가 원래 마당 자린데 아빠가 바닥 공간을 메워 마루를 놓아 입식으로 만든 거야."

아빠는 거실 공사를 손수 했다는 게 무척이나 대견스러운 듯 보였다. 낮은 거실 천장에다, 미닫이문 옆에 붙은 내 방은 시골집 사랑방 그 이상도 이하도 아니다. 나는 그 자리에 주저앉아 울고 싶었다. 아빠의 엉성한 집수리 흔적들이 곳곳에 묻어 있었다. 나는 갑자기 졸음이 밀려왔다. 그것은 졸음이라기보다 현기증에 가까웠다. 이 집 어딘가 있을 어두운 골방에 가서 몇 날 며칠을 자고 싶었다.

다시 아빠의 목소리가 내 현기증을 잠재웠다. 내 옆에 바짝 붙어 집수리에 대해 일장 연설을 하는 아빠, 가슴속에서 나도 모르게 한숨이 자꾸 비어져 나왔다.

이 집은 아빠만의 건축양식이었다. 거실에서 보이는 작은 창으로 다가갔다. 창은 바깥 도로와 맞닿아 밖에서 거실 내부를 훤히 볼 수 있었다. 도롯가에 붙은 집이라 마음에 들지 않았다. 누구나 지나다니며 안을 들여다볼 수 있었다. 아빠는 무슨 생각으로 이런 집을 얻었을까. 그래도 한 가지 다행인 건 화장실이 안에 있다는 점이었다.

엄마와 아빠는 폐가나 마찬가지인 이 집을 고친다고 거의 한 달을 양평과 서울 집을 오가며 지냈다. 이 집은 기역 자 형태의 옛날 집이다. 집주인 할머니가 오랫동안 집을 비워 폐가 수준이었다. 할머니가 아주 저렴한 전세 비용을 받는 대신 아빠는 집을 고쳐주기로 약속하고 집을 빌렸다. 아빠는 공기 좋은 중미산 아래에 집을 구한 것을 행운이라 여겼다. 아빠는 집 고치는 비용을 아끼겠다며 직접 엄마와 근처에 사는 친구를 데리고 주택 자재를 사서 집을 고쳤다. 엄마의 반대에도 불구하고 아빠의 고집을 꺾을 수 없었다. 한동안 엄마와 아빠는 늘 그 문제로 언성을 높이며 다퉜다.

아빠는 한 달 동안 부엌과 화장실, 마루 공사를 얼마 안 되는 돈을 들이고 해내느라 이마에 주름이 더 늘었다. 엄마는 집수리를 돕다가 결국 한 달간 몸져 누웠고 함께 일을 도와준 친구와는 우정에 금이 가고 말았다. 인건비를 줄이겠다고 아마추어 두 명을 고용한 아빠는 얻은 것보다 잃은 게 많았다. 엄마와 아빠의 다툼은 그것이 끝이 아니었다.

시골집 공사가 끝나갈 무렵 화장실에서 문제가 터졌다. 하수구 물이 변기로 역류하는 바람에 새로 만든 거실 안으로 오물이 넘쳐버렸다. 그 바람에 결국 기술자들을 불러 화장실 재공사를 마무리했다. 엄마가 이사도 가기 전에 지쳐 버린 이유가 바로 이 집에 있었다.

"뭐 해? 다들 이삿짐 나르지 않고. 이제 전원생활이 시작된 거라구."

아빠는 이삿짐 차 쪽으로 가 짐을 내리기 시작했다.

"이 촌구석이 좋은 사람은 아빠 하나뿐이네."

"별수 있니? 네 아빠 몸이 저러니 엄마도 어쩔 수 없이 따라온 거야. 그러니까 너무 맘 상해하지 마."

엄마가 날 위로한다고 한마디 거들었다. 그러나 나는 위로받지 못했다.

우리 가족이 양평 중미산 자락으로 이사 오게 된 것은 순전히 아빠 때문이다. 다른 사람들의 귀농은 준비와 계획이 있었다면 아빠의 귀농은 번갯불에 콩 구워 먹듯이 떠밀려 들어온 감이 있었다.

아빠는 원래 작은 의류회사에 다녔다. 그러다 회사가 부도가 나고 그 덕에 아빠는 원치 않는 실직을 하게 되었다. 40대 후반의 나이에 특별한 기술도 없는 고졸 출신의 아빠가 일자리를 구한다는 건 마법의 힘이 필요했다. 더구나 25평 아파트는 절반 이상 대출을 끼고 산 집이어서 이자가 밀려 은행 독촉에 시달렸다. 결국 아빠가 선택한 일은 마을버스 광고 영업이었다. 아빠는 마을버스 광고 영업을 하느라 버스노선의 상가를 누비며 다녔다. 비가 오나 눈이 오나 빠지지 않고 눈도장을 찍으며 새로운 마을버스 노선을 찾아다녔다. 추운 날씨에도 상가 우체통에 전단지를 넣고 와야 직성이 풀렸다. 자연스럽게 아빠의 지갑은 자물쇠를 채운 듯 잘 열리지 않았다. 그런 아빠의 지갑을 열게 하는 유일한 취미가 있었다. 일주일에 한 번씩 오천 원짜리 로또를 사는 일이다. 아빠는 매번 당첨과는 거리가 멀었다. 나는 그런 아빠의 모습이 못마땅했다.

"아빠, 로또 안 사면 안 돼? 맨날 당첨도 안 되는데 돈만 아깝잖아."

"로또를 사지 않으면 기회조차 얻지 못해. 더구나 아빠에게는 일주일을 기다리는 것도 큰 재미야."

아빠가 싱겁게 웃으며 말했다. 로또는 아빠의 취미가 아니라 생존처럼 보였다. 로또 사는 걸 멈추게 할 방법은 없었다. 그러나 만약 내가 외고에만 들어간다면 아빠가 로또 사는 걸 멈출수도 있겠다는 생각이 어렴풋이 들었다. 그래서 기를 쓰고 공부를 했는지도 모른다.

날이 갈수록 버스 광고 물량이 점점 줄어드는 통에 아빠는 더 많은 상가를 기웃거리며 사람들을 만나왔다. 그래도 실적을 내지 못 하는 달에는 야간 대리운전도 서슴지 않았다. 가족과 함께 저녁을 먹는 날이 점점 줄었다. 우리 가족이 아빠에게 원한 건 그리 큰 욕심은 아니었다. 남들이 하는 최소한의 것이었다. 저녁을 함께 먹을 수 있고 3개월에 한 번 정도 야외에 가족들과 나가 휴식을 즐길 수 있는 정도였다. 그런 날을 만드는 게 쉽지 않았다. 하지만 아빠는 기어이 우리 가족의 성화에 못 이겨 야유회를 갈 수 있는 시간을 만들어냈다.

그날은 가족들과 일산 꽃 박람회를 갔다. 엄마는 새벽부터 일어나 불고기가 담긴 도시락을 찬합에 담았고 우리가 좋아하는 치킨도 미리 주문했다. 아빠는 이른 아침부터 코란도에 앉은 먼지를 반들반들 윤이 나게 닦아냈다. 그러나 아빠가 한 가지 착각하는 게 있다. 열다섯이란 나이는 결코 가족 나들이를 반가워하는 나이가 아니다. 다 큰 애들이 부모 따라 나들이 가는 건 우리 나이엔 애 취급받기 딱 좋았다. 그래도 가족의 평화를 위해 희생한다는 마음으로 따라나섰다.

아빠의 코란도가 자유로를 향해 달렸고 봄바람이 살랑살랑 코로 들어갔다. 일산에서 열리는 꽃 박람회에 사람들이 모여들어 꽃을 보기보다 사람을 구경하는 것 같았다. 박람회 입구에 서 있는 통나무집이 오히려 아빠의 호기심을 자극했다.

"여기서 사진 한 방 찍자. 통나무집 앞에 다들 서 봐."

우리는 통나무집 앞에서 사진을 찍었다. 엄마는 이런 통나무집 하나를 별장으로 두고 살았으면 소원이 없겠다며 부러워했다.

"인생 아직 다 끝난 게 아니야. 언젠가 저런 통나무집보다 더 근사한 집을 지을 테니 기대해."

"우리가 무슨 수로 별장을? 로또나 되면 모를까."

"이 사람이 완전히 사람 무시하네."

"아직 전세 대출금 이자 내기도 빠듯한데 무슨 수로?"

엄마가 슬슬 돈 문제를 꺼내 아빠를 긁고 있었다.

"꿈꾸는 데 돈 드나? 허허."

아빠가 마지막 한 방으로 깔끔히 정리했다.

우리 가족은 박람회장을 빠져나와 호수 공원 쪽 잔디밭을 찾아 돗자리를 폈다. 5월 말의 햇살은 따뜻했다. 엄마는 불고기볶음과 나물, 오이소박이를 먹음직스럽게 담아왔다. 잡곡밥은 찰지고 입에 착착 감겨 맛있었다. 아빠는 오랜만에 쉬는 날이라 그런지 기분이 좋아 보였다. 아빠는 엄마가 덜어준 찰밥을 찬합 뚜껑에 얹어 크게 한입을 베어 물었다.

"네 엄마 찰밥 솜씨는 알아줘야 해."

아빠는 엄마가 해 온 찰밥에 불고기까지 한입에 넣었다. 아빠의 홀쭉한 볼이 터질 것 같았다. 나와 재석이도 시장한 탓에 정신없이 음식을 먹었다. 준비한 음식이 찬합에서 없어질 무렵 아빠가 갑자기 편치 않은 얼굴로 자리를 일어섰다. 아빠는 배를 움켜쥐었고 화장실 쪽으로 종종걸음으로 뛰었다. 아빠의 시도 때도 없는 과민성 대장염에 이골이 나 있는 상황이라 아무도 신경 쓰지 않았다. 아빠는 그렇게 여러 번 화장실을 들락거렸다.

"진짜 자기 뱃속은 왜 그 모양이야!"

엄마는 짜증이 난다는 듯이 말했다.

"그게 내 잘못이야? 뱃속이 고장 난 걸 어떡해?"

아빠가 맞받아쳤다.

"사람이 아프면 위로할 줄은 모르고 비아냥거려!"

아빠가 서운한 듯 중얼거렸다.

한 시간이 채 못 되어 아빠의 얼굴빛이 굵은 소금 빛처럼 변하기 시작했다.

"아직도 배가 아픈 거야?"

겁이 난 엄마가 걱정스러운 눈으로 물었다.

"모르겠어. 배가 살살 아프면서 이젠 아예 항문에서 피까지 나오네."

"피가?"

엄마는 아빠의 바짓부리에서 새어 나오는 피를 보고야 급기야 얼굴빛이 어두워졌다. 아빠는 엉거주춤 배를 움켜쥐고 작은 비명들을 연이어 질렀다. 아빠는 서 있지도 앉지도 못 하고 몸을 땅 쪽으로 구부려 주저앉고 말았다. 아빠의 남색 면바지는 잔디까지 붉게 물들였다. 나와 동생은 아빠를 부축했고 엄마는 119에 전화를 걸었다. 아빠는 핏기 없는 얼굴에 손까지 바들바들 떨며 얼굴빛이 검게 변해갔다. 나는 차가워진 아빠의 손을 잡고 열심히 비벼댔다.

"119…… 오는 거 맞지?"

아빠는 불안하게 흔들리는 눈빛으로 힘겹게 여러 번 되물었다. 이러다 아빠가 죽는 건 아닐까 하는 두려움이 엄습했다. 아빠는 다리를 쪼그리며 덜덜덜 떨었다. 재석이는 "아빠 왜 그래?"하면서 이내 겁먹은 듯 울음을 터뜨렸다.

잠시 후 구급차의 사이렌 소리를 듣고서야 아빠의 손에 힘이 풀렸고 오그라들던 다리도 조금씩 펴지기 시작했다. 일산 인근에 있는 병원에 도착한 아빠는 응급실에서 여러 가지 촬영을 했다. 우리 가족은 응급실 밖에서 초조한 마음으로 검사 결과를 기다려야 했다. 검사가 끝난 뒤 의사는 엄마를 부른 뒤 아빠의 병에 대해 한참을 이야기했다. 아빠의 병명은 '베체트병'이었다. 처음 들어보는 병명이었다. 의사는 당장 아빠의 장을 잘라내야 하는 수술을 해야 한다며 입원 수속을 밟으라고 했다.

"장을 자르다뇨?"

장을 잘라야 한다는 말에 놀란 엄마는 혼잣말처럼 중얼거렸다.

"이 병은 점막에 궤양이 생기는 거라 자칫하면 시력까지 잃을 수 있습니다. 환자 같은 경우는 장 점막에 궤양이 생겨 터진 거죠. 빨리 손상된 부위를 잘라내야 합니다."

베체트병은 터키의 베체트란 의사가 처음 발견한 병이다. 이 병의 원인은 알 수 없으나 스트레스가 원인이라고 했다. 아빠는 결국 장을 잘라내는 수술을 했다. 의사 선생님은 퇴원을 앞둔 아빠에게 건강에 대한 당부를 했다.

"될 수 있으면 스트레스 받지 않는 게 좋아요. 궤양이 잘 생기는 체질이라 만약 눈에 생기기라도 하면 실명도 될 수 있죠."

의사 선생님은 아빠에게 극단적인 상황까지 말해주었다.

퇴원 후 아빠는 극도로 신경이 예민했다. 사실 아빠의 발병은 우리 가족을 힘들게 했다. 베체트병은 느닷없는 돌발사고 같았다. 아빠가 퇴원 후 가장 먼저 한 일은 회사에 사표를 내는 일이었다. 엄마는 아빠가 의논도 없이 사표를 냈다는 사실에 화를 냈다.

"일을 그만두려면 먼저 상의부터 했어야지 대책도 없이 사표부터 덜컥 내면 어떡하자는 거야."

"내가 회사 때려친다고 하면 당신이 뭐라 했을 것 같아? 물어보나 마나지."

"그럼 아파트 밀린 대출금 이자는 어쩌구. 다음 달부터 원금도 같이 내야 하는데……."

엄마는 아파트 대출금 말을 하면서 거의 울 것 같은 얼굴이었다.

"당신은 지금 아파트 이자가 더 중요해! 이왕 이렇게 된 거 이참에 서울을 떠날 생각이야. 몸까지 이리 된 마당에……."

"진짜? 서울을 떠난다고? 당신……."

서울을 떠난다는 아빠의 선전포고는 우리 가족의 생존을 위협당한 듯 모욕적이었다. 엄마는 믿을 수 없는 결정이라며 언성을 높였다. 아빠가 그렇게 빨리 일을 그만둘 줄은 몰랐고 서울까지 벗어난다는 결정은 더더욱 상상해본 적이 없었다.

싸가지 생존기

"지금 당신만 생각해? 아령이 고등학교는 어쩌구! 지금 여길 떠난다는 게 말이 되냐구!"

엄마는 이제 나까지 끌어들여 아빠에게 반항했다.

"당신은 내가 기어이 눈먼 꼴을 보고 싶은 거지?"

아빠의 목소리가 부르르 떨리고 있었다.

"그게 아니라…… 여기서 스트레스 안 받는 일 찾아보면 되잖아."

"여긴 움직이면 돈이잖아, 자고 나면 억하고 집값이 올라가는데 스트레스 안 받을 수 있냐구!"

엄마는 아빠의 반격에 기가 눌린 듯 소리가 잦아들었다.

"아령이 넌 어떻게 생각하니?"

이번에는 아빠의 화살이 내게 쏟아졌다. 난 솔직히 등촌동을 떠난다는 생각을 한 번도 해본 적이 없었다. 농촌에서 서울로 유학 오는 건 봤어도 서울에서 시골로 귀농하는 모습을 본 적이 없었다.

"솔직히 서울 떠나는 건 싫어."

나는 알아들을 수 없을 만큼 작은 소리로 아빠에게 의사표시를 했다.

"아빠 목숨 따윈 중요하지 않단 말이네."

아빠는 서운한 감정을 숨기지 않았다. 솔직한 말 한마디 때문에 싸가지 없는 딸이 되고 말았다. 아빠의 말은 내게 표창처럼 들렸다. 내게도 꿈이 있었다. 이 동네 가까이에 있는 'ㅁ' 외고를 지날 때마다 무수히 꿈을 꾸고 상상했다. 그 상상이 내게는 무기가 되기도 했다. 더구나 영어에 흥미가 많은 내게 담임은 날 따로 불러 외고 진학에 대해 권유를 했다. 그래서 더더욱 자신감이 충만했다. 외고 전문 학원에서 마지막 1년만 제대로 공부한다면 모든 조건을 충족시키고도 남았다. 느닷없는 아빠의 결정은 머릿속을 복잡하게 했다. 가끔은 부모의 말에 반항을 해보는 것도 좋은 투쟁이었다. 원하는 게 있으면 분명히 밝히자. 이게 내 신조였다.

"난 서울에 남을래. 고모네 집에서 학교 다니고 싶어."

"너 그걸 말이라고 해? 고모네 집이 뭐 기숙사야? 고모네 애들도 많은데 그런 부담 주고 싶지 않다."

아빠는 완강하게 반대했다. 내 꿈이 좌절되는 기분이 어떤 건지 아빠는 알까? 아마 모를 것이다. 꿈을 이뤄본 적이 단 한 번도 없는 사람이 아빠다. 사람은 태어나면 서울로 보내라는 말이 있는데 아빠는 거꾸로 나를 촌구석으로 밀어 넣으려고 한다.

"외고에 가고 싶어! 진짜 가고 싶다고!"

나는 결국 감정이 섞인 소리를 질렀다.

"네가 외고에 뜻이 있는 줄 몰랐어. 아빤 처음 듣는 소리야!"

"아빠한테 말했어도 지원해줄 거 아니잖아!"

내가 울먹거리자 아빠는 난감한 표정을 지었다. 한동안 골똘히 뭔가를 생각하는 듯 눈을 내리깔았다. 엄마는 아빠와 나 사이에서 끼어들기 곤란하다는 듯이 빨래를 개며 눈치만 살폈다. 아빠는 깊은 한숨을 내쉬더니 무겁게 입을 열었다.

"너 앞으로 되고 싶은 꿈이 뭐야?"

"외고 가는 거야."

"외고가 꿈은 아니잖아? 외고는 그냥 외국어 잘하는 애들이 모여 있는 학교지?"

"그게 내 꿈이야. 지금은."

"학교가 꿈이라고?"

"최소한 관심 분야가 있어야 꿈이지. 학교가 꿈일 수는 없어."

"말꼬리 잡지 말고 그냥 싫다고 해!"

"아빠는 솔직히 서울 생활이 정말 지긋지긋해. 여기 더 있다간 심장이 터질 것 같아! 너도 아빠 쓰러지는 거 봤잖아."

아빠가 소파 위에 놓인 테이블에서 병원 약봉지를 만지작거리며 말했다.

"네 뜻 꺾어 미안하지만 이사 간다고 해서 실력이 떨어지는 것도 아니고, 중요한 건 외고가 아니라 최종적으로 네가 무엇이 되느냐야."

아빠는 교과서적인 말만 줄줄 늘어놓았다.

"먼 미래 같은 건 몰라. 지금이 중요해."

나는 아빠 말에 수긍하지 않았다.

"사람이 당장 앞일만 생각하며 살 순 없어. 네가 당장 외고에 합격해도 비싼 외고 등록금을 대줄 형편도 못 되고……."

이윽고 아빠의 입에서 등록금이라는 말이 나왔다. 바로 그거였다. 꿈이니 뭐니 쓸데없는 말꼬리를 잡는 것도 핑계였다. 갑자기 숨통이 꽉 조여진 느낌이었다. 요즘 세상에 돈이 없어 외고에 못 간다는 게 말이 안 된다고 느꼈다. 내 주변은 나 빼고 모두들 돈 걱정 없이 사는 것 같았다. 그렇게 풍족한 살림살이는 아니라는 건 알았지만 막상 듣고 보니 서운했다. 나와 아빠는 팽팽한 평행선을 그었다. 아빠를 설득할 묘안이 필요했다. 아빠도 사람인 이상 분명히 설득할 방법이 있을 것 같았다. 잠시 후 아빠와 나 사이에 나눈 대화를 듣기만 하던 엄마가 무거운 한숨과 함께 입을 열었다.

"아령아, 너도 알다시피 아빠가 이젠 아파트 전세 대출도 이젠 받기 어려워. ……그러니 마음 접으면 좋겠다."

"싫은데…… 싫다고."

나는 내 고집을 꺾지 않았다. 아빠의 뜻을 따를 마음이 없었다. 전셋값이 오르든 집값이 폭등하든 난 모르겠다. 태어나 보니 서울이었고 외고가 코앞에 있는 동네에서 자랐다. 그래서 꿈을 가졌는데 이제 그 꿈을 버리라고 한다.

"안 된다면 안 되는 줄 알아!"

아빠도 물러서지 않고 화를 벌컥 냈다. 아빠의 화난 얼굴이 마른행주같이 구겨졌다. 엄마 아빠에게는 내 꿈 따위는 고려대상이 아니었다. 장담컨대 언젠가 저 말을 후회할 날이 있을 거라는 복수심이 들끓었다.

"그나저나 여길 떠나면 뭘 해서 먹고 산다는 건지 말 좀 해봐."

엄마가 이번에는 화제를 돌렸다.

"일단 집값이 싸고 공기 좋은 데를 알아봐야지."

아빠는 내 말에 귀를 기울이지 않겠다는 듯 말머리를 돌렸다.

"왜 내 말은 무시하는 거야? 왜!"

나는 그들의 나직한 대화가 듣기 싫었다. 내가 먼저 자리를 박차고 일어섰다. 순간 머릿속이 미친 듯이 혼란스러웠다. 그제야 모든 정황이 들어맞았다. 내 부모란 사람은 내가 외고를 갈까 봐 오히려 마음을 졸이고 있었다. 갑자기 변한 내 상황에 두려움까지 밀려왔다. 내가 성인이라면 각자 갈 길 가자고 할텐데 나한테는 미성년이라는 꼬리표가 달려 있다. 내 인생을 위해 준비한 게 도대체 뭐지? 나를 둘러싼 이 무게감은? 이 동네는 외고 가기 좋은 환경을 갖췄다. 그래서 지겨운 숙제도 참았고 그 어렵다는 수학 선행도 참아가며 해냈다. 더구나 영어원서 읽기를 위해 늦은 밤까지 끙끙댔다. 별종이라는 소리까지 들어가며 친한 친구 하나 제대로 사귀지 못했다. 그런데……이건 내가 쓴 내 인생의 시나리오가 절대 아니었다. 분명 두 눈으로 아빠의 건강 상태를 옆에서 지켜봤지만, 이런 상황은 예상치 못했다. 마치 아빠가 엄살을 부리는 것 같아 서운했다. 그런 생각을 하자 눈가가 뜨거워졌다. 그동안 꿈꾸던 것들이 진짜 허무한 꿈이 되어 버렸다. 우리 집을 일으킬 사람은 바로 난데 뭔가 잘못되어 가고 있는 것 같았다. 나는 노트에 외고 안녕이란 글씨를 여러 번 썼다 지우기를 반복했다. 내게는 마음을 말로 표현하기보다는 노트에 대고 끄적이는 게 더 익숙했다. 수없이 글을 쓰고 지우다 보니 어느새 눈물방울들이 후드득거리며 노트 위로 떨어졌다.

한동안 나는 아빠와 눈도 마주치기 싫어 아침저녁으로 피해 다녔다. 아빠가 종일 집에 있는 통에 화장실 가는 것도 불편했다. 아빠의 잔소리는 회사에 사표를 낸 이후 더 심해졌다. 물건한 개도 허투루 버리질 못했고 남들이 버리는 물건이 있으면 주워오는 일도 허다했다. 유물이 되어버린 오래된 전화기도 아빠는 언젠가 꼭 쓸 것처럼 주워왔다.

"이렇게 멀쩡한 것들을 내다 버리는지 몰라."

아빠가 꼭 노인이 되어버린 듯했다. "동란 때나 쓸 물건을 왜 주워와!" 하고 거친 소리로 옥신각신하는 엄마와 아빠, 그런 다음 날에 아빠는 어김없이 설사를 달았다. 아빠의 건강 염려증이 커져만 갔고 가족 모두는 아빠의 생명을 갉아먹는 좀비 취급을 당했다.

싸가지 생존기

엄마가 제일 먼저 손을 들었다. 내 편은 아무도 없었다. 아빠와 엄마는 매일 방송에서 내보내는 전원생활이나 귀농에 대한 프로그램을 찾아보았고, 주말이 되면 서울에서 멀지 않은 공기 좋은 곳을 수시로 찾아다녔다. 그러나 아빠가 찾는 집은 쉽게 나타나지 않았다. 집이 쓸 만하면 주변에 혐오시설이나 공장이 떡 하니 버티고 있었고 공기가 맑으면 집이 형편없는 수준이었다. 엄마와 아빠는 둘 중 하나를 선택해야 했다. 엄마와 아빠는 집을 보러 다닌 후 언제나 한바탕 설전이 벌어졌다.

"네 아빠랑 진짜 못 다니겠다 정말. 집을 얻겠다는 건지, 돼지우리를 얻겠다는 건지 속을 알 수 없어."

아빠와 몽상가인 엄마는 의견 차이를 좁히지 못했다. 돈에 집을 맞추다 보니 다툼이 끊이지 않았다. 엄마는 좀 더 좋은 주방과 화장실을 원했고, 아빠는 무조건 폐가라도 얻어 고치자는 주의였다.

엄마는 이런 아빠에게 별명을 붙여줬다. '등촌동 소금쟁이.' 그건 아빠의 닉네임이다. 아빠는 엄마가 붙여준 닉네임으로 짠돌이 카페에 가입했다. 아빠 말로는 그 카페에 왕소금, 자린고비부터, 아빠보다 고수들이 많다며 가입을 권유했다.

"찌질해서 정말…… 난 당신 하나도 질렸어. 무슨 영화를 본다고 카페까지 가입해!"

아빠는 나라 세금을 최대한 활용하는 것을 생활신조로 삼았다. 엄마는 그런 아빠의 생활 태도 때문에 늘 스트레스를 받았다. 사실 아빠의 짠돌이 기질은 엄마만의 불만은 아니었다. 나와 동생에게도 아껴야 산다라는 말을 입에 달고 살았다. 한 가지 이상한 점은 아빠가 오랜 세월 열심히 직장을 다니고 발이 부르트도록 사무실을 누비고 다녀도 살림은 크게 나아지지 않았다. 돈이 모일 만하면 전셋값이 껑충 뛰어 통장은 늘 마이너스였다. 겨우 대출 끼고 전세 아파트로 이사를 하자 이번엔 아빠의 몸이 망가져 버렸다. 그런 아빠를 보며 난 저렇게 살지 않을 거라고 다짐을 했다.

싸가지 생존기

면상 등록소

전학 첫날, 다행히 두 시간에 한 번 오는 마을버스를 기다리지 않았다. 아침을 먹는 내내 젓가락으로 밥알을 세는 날 보자 아빠는 학교 앞까지 태워다 주겠다고 했다. 버스를 기다리는 일이 싫어 마지못해 아빠 차를 탔다. 차를 타는 내내 창밖만 뚫어지게 보았다. 산기슭이 보였고 벌판의 풍경이 너무 심심했다. 아직도 서운한 감정이 남아 아빠와 함께 있는 게 어색했다. 아빠는 옆에 앉은 나를 힐끗 훔쳐보았다. 나는 아예 이어폰을 귀에 꽂고 아빠의 존재를 무시했다. 아빠에게 퍼붓고 싶은 말을 꾹 참았다. 학교가 눈앞에 보이자마자 아빠에게 말했다.

"여기서 내려줘요."

내 말투에 화가 묻어 있었다.

"전학 첫날인데 아빠가 교무실까지 갈게. 담임한테 인사도 하고……."

"아, 됐어요. 혼자 할 수 있어."

나는 아빠의 말을 냉정하게 끊어쳤다. 아빠의 표정이 이내 어두워졌다. 더구나 아빠가 다른 말을 꺼내기 전에 냉큼 차에서 내려 버렸다.

"너 혼자 괜찮겠어!"

"내가 초등학생이야! 됐어. 빨리 가요!"

"친구들에게 좋은 인상 주는 거 잊지 마. 무리 속에 사는 건 아주 중요한 거야."

아빠는 미덥지 못하다는 표정을 지으며 결국 차를 집 방향으로 틀었다. 어른들은 쓸데없는 훈수를 잘한다. 아빠의 노파심은 지금 내게 아무 도움이 되지 않는다.

아빠의 차가 사라진 후 학교로 등교하는 애들을 지켜봤다. 전학 왔다는 현실감이 들었다. 은행나무가 교정에 유난히 많은 게 눈에 띄었다. 등교 풍경은 서울이나 양평이나 매한가지였다. 교복을 입은 아이들 몇몇이 교문을 부지런히 통과해 건물까지 뛰어가고 있었다. 개중에는 느릿느릿 죄수처럼 마지못해 끌려가는 아이들도 보였다. 서울에서도 늘 보던 모습의 아이들이었다.

나는 먼저 1층에 있는 행정실로 가서 전학 절차를 밟았다.

서류 확인이 끝난 후 교무실로 가서 담임을 만나 인사도 건넸다. 새 학기 첫 주를 잘 넘기는 게 생존 전략으로 가장 중요했다. 교실에서 매일 다른 자리에 앉아 새로운 친구들을 만날 기회를 만드는 것이다. 다음으로 중요한 것은 사물함 비밀번호나 시간표를 챙기는 일이다. 이정도 해주면 전학생이 겪는 심각한 우울증은 피할 수 있었다.

　담임을 따라 3학년 3반 교실로 들어갔다. 교실 안에는 서른 명 정도의 학생들이 소란스럽게 떠들고 있었다. 반 아이들이 전학생인 나를 보자 수군거리며 웅성거렸다. 교실 분위기는 생각보다 어수선했다. 반 애들이 나를 염탐하듯 머리부터 발끝까지 훔쳐보는 느낌이었다. 촌구석답게 아이들의 목소리는 컸고, 교양이라고는 눈 씻고 찾을 수가 없었다. 나는 넓은 우주 한가운데 떠 있는 행성처럼 어떤 무리에도 속하기 어렵다는 판단이 들었다. 내 자리는 교실 중간이었다. 그 자리까지 걸어가는 동안 반 애들은 낯선 사람 접근 금지라는 팻말을 세워 둔 것 같은 표정들이었다. 내 옆자리는 텅 비어 짝조차 없었다. 아직 등교를 안 한 건지 가방이 보이지 않았다. 지정된 자리에 앉자마자 정면 칠판 위로 급훈이 보였다.

　'공부는 언제 하니?'

참 인상적인 급훈이었다. 나는 담임이 준 사물함 열쇠를 들고 교과서를 두기 위해 복도에 있는 사물함으로 갔다. 25번 사물함 쪽으로 가서 열쇠를 구멍에 넣어 돌렸다. 그런데 사물함이 잠겨 있지 않았다. 사물함을 열어보니 그 안에 팔다리 길이가 70센티나 되는 긴 관절인형이 보였다. 이 인형 어디선가 본 적이 있다. 어디더라? 저 인형…….

맞다. 자전거를 위험하게 타던 그 싸가지가 등 뒤에 매달았던 인형이다. 그 애가 내게 주는 전학 선물? 아니 그럴 리 없다. 그 앤 내 얼굴도 아직 자세히 못 봤다. 그런데 내가 올 걸 알고 인형을 사물함에 넣어둘 리가 없다. 그럼 누가 이 인형을 내 사물함에 넣어두었을까 의아했다. 난 인형을 꺼내 가방 속에 넣고 나머지 책을 사물함 안에 넣었다.

1교시가 끝난 후에도 옆자리는 비어 있었다. 그때 한 무리의 아이들이 내 쪽으로 다가왔다. 드디어 올 것이 왔다. 여기가 수산시장도 아닌데 오징어 같은 애들이 떼거리로 몰려왔다. 아까 본 관절인형처럼 긴 팔다리를 가진 오징어가 까불거리는 말투로 물었다.

"너 공부 잘해?"

첫 질문부터 말문이 턱 하니 막혔다. 한마디로 유치한 돌직구였다. 거칠고 투박한 인사법 같았다.

"그냥, 꿀리진 않아."

"그 말은 공부 열라 잘한다는 뜻이네. 유명한 학군에서 왔던데, 혹시 너 농어촌 특별전형 믿고 전학 왔냐? 그거 믿고 왔다면 넌 똥 된다. 이 동네에서 기본으로 짬밥 6년은 돼야 경쟁력 있거든, 뭣 모르고 떠도는 찌라시 하나 믿고 오는 애들 여기 수두룩하다."

앙칼진 목소리가 교실을 울렸다. 신고식치고는 치졸했다. 뭔가 불길한 예감이 스멀스멀 피어올랐다.

"번지수 잘못 짚었어."

난 또박또박 힘주어 말했다. 전학 첫날부터 시비 붙고 싶지 않았다.

"어차피 조사하면 나올 거야! 좋은 말할 때 불어. 작년에 고려대 입학한 강수정 선배는 잠실에 버젓이 살면서 주소지를 우리 집 앞에 있는 고추밭에 허위 이전했잖아. 합격하고 나니까 다시 잠실로 주소 이전하구, 뭐 이런 개떡 같은 경우가 있냐! 정작 이 동네서 탯줄 자른 성진 오빠는 떨어졌잖아. 너 만약 고추밭이나 콩밭이 너희 집이면 죽는다!"

오징어의 가시 돋친 말이 생생하게 귓가를 찔렀다.

"그래서? 내가 그거 믿고 위장 전학이라도 했단 말이니? 너희랑 말 섞기 싫으니까 가줄래?"

나는 눈을 내리깔며 오만한 표정을 지었다. 아빠의 건강 때문에 이사 왔다는 말은 죽어도 입 밖으로 내뱉고 싶지 않았다.

집안 사정까지 밝혀가며 변명하고 싶지 않았다. 농어촌 특별전형에서도 제외된 마당에 거리낄 게 없었다. 까칠한 아이들의 텃세가 만만치 않았다. 볼펜을 귀밑에 꽂고 껌까지 질겅질겅 씹던 오징어가 그제야 뒷걸음질을 쳤다. 내게 시비를 붙으려고 작정한 애 같았다. 오늘 하루만은 참기로 했다. 전학 첫날부터 시비가 붙으면 생존 전략에 문제가 생길 수 있다. 전학 온 첫날부터 인상 구기고 싶지 않아 무시하기로 했다. 나는 오징어를 머리부터 발끝까지 훑어보았다. 오징어의 이름은 정 달별, 기가 막힌 이름이었다. 이름이 동네와 어울렸다. 하늘에 대한 동경이 담긴 이름이었다. 말린 오이 쪽 같은 얼굴에 간장에 조려진 듯 거뭇거뭇한 피부가 마치 까마귀 떼가 한 무리 지나간 것처럼 보였다. 어딜 가나 삐딱한 아이들이 있기 마련이지. 그래 잠시만 참자. 속으로 다짐을 했다. 어차피 사람들은 제각기 누군가의 천적이고 또 두려워해야 할 천적이 있기 마련이다. 애쓰지 않아도 저런 애 따위는 누를 자신이 있었다. 척 봐도 삐딱한 말투가 모든 면에서 급이 낮은 애가 분명했다. 이런 꼴 안 보려면 기를 쓰고 서울에 혼자라도 남았어야 했다.

나는 창가 맨 뒤에서 세 번째 자리에 앉았다. 창가 옆이라는 사실이 안도가 되었다. 가끔 수업 도중 창밖을 내다보는 습관이 있기 때문이다. 빽빽한 머릿속을 가끔 텅 빈 운동장을 보며 비워내는 게 나만의 의식이었다. 내 옆자리는 1교시가 끝나도

록 내내 비어 있었다. 원래 빈자리는 아닌 듯 보였다. 책상 서랍 안에 교과서랑 노트들이 보였다. 내게 큰 관심을 걸거나 말을 걸어주는 아이는 없었다. 당분간 섬처럼 있어야 하는 게 전학생의 비애다.

3교시가 끝난 후 쉬는 시간에 똥머리를 느슨하게 틀어 올린 여자애가 교실 문을 열고 들어왔다. 그 애는 빨간 헤드폰을 귀에 걸친 채 내 쪽으로 다가왔다. 예상치 못한 짝의 출연이었다. 헤드폰을 낀 모습이 만화에서 튀어나온 애 같았다. 더구나 얼굴에 파우더를 바른 모습이 가부키 화장을 한 것처럼 겉돌았다. 마스카라를 진하게 바른 눈 밑은 흑심이 번진 것처럼 어둡게 그늘져 있었다. 마치 할로윈 가면을 보는 것 같았다. 스킨과 로션 정도만 바르는 나로서는 순간 당황했다. 그 애는 나를 힐끗 보더니 별일 아니라는 듯 무심했다. 교복 위로 윤이슬이라는 이름표가 보였다. 순간 술 이름이 떠올랐다. 이슬이는 가방을 책상 위에 던진 채 아이들을 향해 느닷없이 소리를 질렀다.

"누가 우리 잭에 손댔니? 누구야!"

느닷없는 그 애의 소리에 놀라 얼굴을 빤히 올려보았다. 원수는 외나무다리 위에서 만난다더니 이게 무슨 운명인지? 반 아이들의 눈이 일제히 그 애를 향했다. 그리고 교실 안이 술렁댔다. 이슬이의 눈이 달별에게 향했다. 달별이가 자신을 의심한다는 것을 눈치 채고 이슬이를 향해 앙칼지게 소리쳤다.

"이게 생사람 잡네. 누가 거지 같은 인형을 가져갔대? 네가 간수 못해 잃어버린 걸. 누굴 탓해?"

"좋은 말할 때 빨리 내놔. 다 너희들 짓인 거 알아!"

이슬이는 버럭 소리를 지르며 책상 위에 있는 가방을 교실 바닥에 내동댕이쳤다. 가방 안에 있던 청색 천 필통이 밖으로 튕겨 나왔다.

달별이도 눈에 힘을 주며 대꾸했다.

"우리가 가져갔다는 증거 있어?"

"야!"

싸가지는 얼굴까지 빨갛게 달아올랐고 목소리는 흥분되었다. 곧 둘이 엉겨 붙어 뒹굴 태세였다. 혹시 얘들이 말하는 인형이 아까 사물함 속에 있던 그 인형? 또다시 재수가 없어지려 했다. 하필이면……. 지금 이 상황에서 끼어들까 말까 망설여졌다. 둘의 눈빛 교환이 살벌했다. 인형을 주지 않으면 교실이 날아갈 판이었다.

"혹시 이 인형 말하는 거니?"

난 조심스럽게 사물함 속에서 발견한 관절인형을 가방에서 꺼내 이슬이 앞에 내밀었다. 순간 그 애의 손이 빛의 속도로 인형을 낚아챘다.

"야! 이걸 니가 왜 가지고 있어? 이거 네 짓이야?"

"아…… 아냐."

순간 당황해서 말이 제대로 나오지 않았다. 저 인형의 주인이 분명 이삿날 보았던 싸가지라니 기가 막혔다. 더구나 억울하게 도둑 누명까지 쓰게 생겼다. 개념 없는 아이들 틈에서 내 처신이 중요했다.

"그럼 이게 왜 네 손에 있어? 너 누구야!"

싸가지는 화가 치민 듯 날 향해 몰아세웠다.

그때 누군가 '걔 오늘 전학 왔어'라고 하는 아주 희미한 소리가 들렸다.

"전학!"

"그, 그래…… 나 오늘 처음 전학 왔어. 인형은 내 사물함에서 발견했구. 인형에 손댈 리가 없잖아."

난 억울해서 당당하게 말했다.

"그럼 누가 잭을 사물함에 숨긴 거야?"

"너지? 이게."

싸가지가 느닷없이 달별이에게 달려가 어깨를 흔들며 칠 듯이 말했다.

"내가 숨겼다는 증거 있어! 증거 대 봐. 지가 잃어버려 놓고 누구더러 숨겼대!"

달별이가 재수 옴 붙었다는 듯이 쏘아붙였다. 싸가지의 얼굴이 벌건 수박 속처럼 변하더니 갑자기 책상에 주저앉으며 엎드려 소리를 내 울었다. 난장판이 된 교실에서 울음소리까지, 차

마 눈 뜨고 볼 수가 없었다. 그러나 아이들은 별일 아니라는 듯 아무도 그 애를 달랠 생각을 하지 않았다.

그때 수업 종이 울리고 아이들은 이슬이 주변에서 흩어져 제자리로 돌아갔다. 이슬이와 달별이의 싸움도 인형을 찾는 순간 멈췄다. 여전히 싸가지는 인형을 한쪽 팔에 끼고 책상에 납작 엎드려 일어나지 않았다. 나는 싸가지의 헤드폰이 눈에 거슬렸다. 참다못해 오지랖이 발동했다.

"헤드폰은 빼라."

"내가 헤드폰을 발에 걸든 입에 걸든 무슨 상관!"

내가 한 말에 싸가지가 퉁명스럽게 돌변하니 꼬리를 내려야 할 판이었다. 더 이상 참견했다가는 한 대 칠 기세였다. 전학 첫날부터 똥 밟은 느낌을 지울 수 없었다.

'화가 나거든 행동하기 전에 열을 세어라. 그래도 화가 사라지지 않으면 백을 세어라. 그래도 안 되거든 천을 세어라'라는 누군가의 명언이 떠올랐다. 한마디로 이슬이는 벽이었다. 새 친구가 절실히 필요한 상황이지만 너무 유치한 애들뿐이었다.

국어 수업이 시작되었으나 머릿속은 뿌연 유리창처럼 한 치 앞도 보이지 않았다. 수업 시간 내내 누가 싸가지의 인형을 내 사물함에 넣어두었는지 궁금했다. 누군가 싸가지를 괴롭히고 있는 게 분명했다. 어쩌면 싸가지는 반에서 왕따인지도 모른다. 내가 상상했던 것보다 최악일지도 모르지만 한 번도 와 본 적 없는 신세계에 들어와 있는 느낌이었다.

4교시가 끝날 무렵, 싸가지가 그제야 푹 숙이고 있던 고개를 들었다. 나 때문에 인형을 찾게 되었는데 고맙다는 말 한마디 없다. 적어도 같이 앉을 짝이 생겼다는 것으로 만족해야 한다.

"난 주아령이라고 해."

"그래서?"

그래서라니? 얼굴빛 하나 변하지 않고 시큰둥하게 대답했다. 어이가 없다. 이런 싸가지가 있나? 넌 앞으로 그냥 싸가지야. 이런 애들 때문에 전학이 정말 싫었다. 지금 내 기분은 컵 안에 아이스크림이 질질 흘러내리는 기분이었다.

"내가 인형 찾아준 거 알지?"

"그래서…… 뭐 어쩌라구! 내가 절이라도 하랴. 넌 그냥 사물함에서 주운 거잖아."

"인형 내가 말 안 했으면 넌 못 찾았어."

"아마 잭을 못 찾았으면 교실 한 번 엎었어. 그러니까 생색 그만 내."

싸가지의 어이없는 태도에 정신이 혹하고 날아간 것 같았다.

"너 혹시 나 본 적 없니?"

"없어!"

싸가지는 단호했다.

"이제 거짓말까지? 너 어제 자전거 타고 가면서 날 칠 뻔했잖아. 그리고 날 봤고."

"내가? 난 기억 안 나. 다른 사람이겠지. 자전거 타고 학교에 다니는 애들 많아."

"분명 너야. 저 잭이 증인이고."

싸가지는 여전히 헤드폰을 귀에 걸고 못 들은 척했다. 관절 인형을 가슴에 꼭 끌어안고 있는 모습까지 엽기적이었다. 4차 원의 종결자라고 할까. 도저히 말이 통하지 않는 종자였다. 예전 학교였다면 벌점은 기본이고 거의 왕따에 미운털이 수백 개 박힐 아이였다. 이래서 마녀 취급을 당하는지 모르겠다. 고분 고분한 맛이라고는 찾을 수 없었다. 나는 참을 수 없어 헤드폰 을 손으로 획 하고 잡아챘다.

"내가 호구로 보이니?"

나도 모르게 욱하고 치밀어 올라 소리를 질렀다.

싸가지는 느닷없는 내 행동에 잠시 놀란 듯 날 빤히 쳐다보 았다. 그러더니 다시 내 손에 있는 헤드폰을 잡아채어 귀에 꽂 았다. 이건 도대체 뭐지? 하는 생각이 들었다. 1년 내내 날 이 런 식으로 고문하는 건 아니겠지. 애저녁에 사과를 받기는 틀 린 듯했다. 이런 애랑 종일 지낼 일이 끔찍해 집으로 돌아가고 싶은 충동을 느꼈다.

이윽고 점심시간, 전학에 대한 긴장감이 슬슬 풀리는 듯했 다. 급식 당번들이 급식대를 끌고 교실로 들어왔다. 내가 좋아하는 돼지 불고기 백반이 오늘의 메뉴로 나왔다. 아이들이 좋아하는 메뉴라서 그런지 순식간에 줄이 늘어났다. 그 바람에 나는 뒤꽁무니에 서게 되었다.

내가 식판을 들고 다시 자리로 돌아와 보니 싸가지의 식판이 보이지 않았다. 싸가지는 급식을 받을 생각도 하지 않고 가방을 뒤지더니 도시락을 꺼냈다. 도시락 뚜껑을 열자 반찬통에는 생두부가 잔뜩 들어 있었다. 뒤이어 작은 소스 병을 꺼내더니 두부 위에 끼얹었다. 나는 싸가지의 이상한 행동에 좀 전에 있었던 일들도 잊은 채 말을 걸고 말았다.

"그 소스 뭐야?"

"발사믹 소스."

싸가지도 대수롭지 않게 말을 받아주었다.

"넌 급식 안 먹니?"

"급식 먹기 싫어서."

"왜?"

"넌 뭐가 그리 궁금한 게 많니? 이게 나한테 맞춤 도시락이야."

싸가지는 질문에 짜증스럽게 대꾸했다.

"도시락 싸는 거 힘들잖아!"

"힘든 건 없어! 이모가 잘 싸줘!"

이모란 말이 귀에 박혔다.

"너 이모랑 사니?"

"아…… 아니, 이모가 아니라 엄마가 싸줘."

"너 방금 이모라고 했잖아!"

"야! 말이 헛나올 수도 있지! 뭘 트집을 잡고 그래, 재수 없게."

싸가지는 과민 반응을 했다. 성격이 꼭 말벌 같은 아이였다. 이모가 아니면 아니지 필요 이상의 화를 낸다는 건 뭔가 숨기는 게 있는 아이라는 증거다. 싸가지의 예민한 태도에 슬슬 화가 치밀어 올랐다. 동생이라도 된다면 싸대기를 한 대 올려치고 싶은 마음이었다.

싸가지가 도시락에 발사믹 소스를 넣고 비벼서인지 시큼한 소스 냄새가 코를 역겹게 했다. 나는 갑자기 힘이 쑥 빠졌다. 이런 화성인을 앞으로 1년이나 볼 생각을 하니 갑갑했다. 나랑 어울릴 만한 애들이 없나 종일 두 눈을 굴려가며 교실 안을 둘러봤으나 특별히 마음에 드는 애가 보이지 않았다. 이래서 전학이란 사춘기의 저주다.

　　　　　　　　　　　　　　　　　　　싸가지 생존기

그들이 수상하다

"드르르륵."

"이거 봐 새댁, 있는가?"

아침부터 누군가 미닫이문을 자기 집처럼 열었다. 나는 어디선가 들리는 낯선 소리 때문에 눈을 번쩍 떴다. 웬 할머니가 미닫이문 앞에 서 계셨다.

"누…… 누구세요?"

나는 자리에서 일어나 할머니를 쳐다봤다.

"엄마 안 계시나?"

"엄마요? 엄마!"

나는 안방을 향해 엄마를 불렀다. 몇 번 불러도 집 안에서는 기척이 없었다.

"누구세요?"

"윗집 할미야. 그래, 엄마 안 계시는구먼."

엄마를 마지막으로 본 건 스릴러 영화가 끝나갈 무렵이었다. 나는 거실에 누워 범인이 잡히는 장면에서 그만 스르르 잠이 들고 말았다. 엄마의 기억은 그것으로 끝이었다. 아침부터 엄마가 사라진 것 자체가 스릴러다. 엄마가 어느새 새벽형 인간으로 변한 모양이었다.

"벌써 장에 나간 게 아닌가 싶네. 같이 가자 할랐드니 새댁이 빠르네."

할머니는 엄마가 안 계신 집 안을 한번 훑어보았다. 자칫하면 곧 마루로 발을 디딜 참이었다. 설마 주인 허락도 없이 들어오는 건 아니겠지. 꼭두새벽부터 수상한 이웃들이 남의 집에 불쑥 드나드는 방범 제로의 동네다. 옷을 챙겨 입을 수도 없는 상황이라 난감했다. 할머니는 남의 살림살이를 기웃거렸다. 설마 거실 안으로 들어오는 건 아니겠지. 아닐 거야.

"서울 새댁이라 집안 살림이 짱짱하네."

그 설마가 사람을 잡았다. 할머니의 두 발은 이미 거실로 성큼 내디뎠다. 더구나 사십이 넘은 엄마를 새댁이라고 부르다니 어이가 없었다. 어젯밤 물을 많이 마신 탓인지 아랫배가 터질 것처럼 빵빵했다. 제발 이제 좀 가달라고요. 난 마음속으로 할머니를 못 쫓아서 안달이었다. 할머니는 집 안을 둘러보며 호기심 어린 눈으로 살림 하나하나를 살폈다. 자칫하면 아예 거실 바닥에 주저앉을 기세였다. 민소매 티에 팬티 한 장만 걸친 탓에 이부자리에서 뭉그적거렸다. 연세 지긋한 어르신 앞에서 아침 댓바람부터 팬티 바람으로 일어서는 것도 예의는 아니었다.

"아가, 올해 나이가 몇이제?"

"열여섯이요."

"아이고, 나이배기네."

나는 아랫배에 너무 힘을 주어 다리에 쥐가 날 판이었다.

"서울서 요런 구석으로 오기 쉽지 않은디……."

"네에…… 아빠가 좀 편찮으세요."

"서울 생활이란 게 돈 읍고 몸까지 축나면 죽을 맛이랑게. 요새는 경비 뽑는디도 쌀가메니 메고 죽어라 뙴시롱 초를 잰다나 머다나. 참 살기 힘든 세상이여. 그렇게 젊은 이덜이 죄다 요런 산 속으로 기어들어오는갑네. 여그도 그리 녹록지 않응게 모다덜 죽것지. 그나저나 마을에 일할 장정들이 들어와야 허는디 자꾸 아픈 사람들만 꾸역꾸역 들어오니 원……."

할머니는 뭔가 못마땅하다는 듯이 혼자 중얼거렸다. 이젠 할머니를 내보낼 재간이 없었다. 목소리는 귓전에 들리지 않았다. 이 동네 사람들은 애나 어른이나 개념 상실한 사람들처럼 보였다. 이른 아침부터 예고도 없이 불쑥 남의 집에 드나드는 신인류들을 보는 기분이랄까. 앞으로 이런 사람들을 몇 명이나 더 봐야 하는 건지 모르겠다. 거실이 창밖으로 훤히 내다보이는 이 집은 좋은 터가 아닌 게 분명했다. 이건 집이 아니라 휴게소였다.

"네 엄마가 솔찬히 힘들었겄다. 젊은 사람이 요런 촌구석에 들어와 정 붙이고 산다는 기 쉬운기 아닌건디. 여그 토박이들은 농사는 뒷전이고 서울 사람들헌티 땅 팔아묵는 재미로 산당께. 뭔 농사를 지어 분다고……."

"아…… 네."

나는 건성 대답을 했다. 곧 방광이 곧 터져버릴 것 같아 목소리마저 덜덜 떨리기 시작했다.

"아즉 버스 오려면 10분은 더 있어야 되는디 워쩔까."

어…… 어…… 어! 난 마음속에서 비명을 질렀다. 설마 했는데 할머니가 우리 집에서 버스를 기다리고 있다니…… 할머니는 아예 대놓고 힐끗힐끗 거실 창 쪽을 자주 쳐다봤다. 아빠는 도대체 이런 매너 없는 사람들이 득실대는 이 마을이 뭐가 좋다고 들어왔는지 그 속을 알 수가 없다. 나는 대책 없는 할머니 때문에 오줌을 요에 쌀 수도 있었다. 와 돌겠네. 나는 더 이상 참을 수 없어 얇은 이불을 몸에 둘둘 감고 자리에서 일어나 오리걸음으로 화장실로 걸어갔다.

"아가 뭐 땀시 이불을 칭칭 감고 그라냐 잉?"

"화…… 화 화장실요!"

"가만 봉께 니 똥 쌌냐?"

"그…… 그건…….'

나는 대답할 겨를도 없이 총총총 화장실 문을 열고 냅다 뛰었다. 꽈당! 내 몸이 화장실 타일 바닥으로 이불을 감은 채 뒹굴었다. 헉, 그 순간 다리 쪽에서 뜨끈한 액체가 흐르고 있었다. 물컹한 오줌이 다리 사이로 퍼지자 정신이 몽롱했다. 진짜 돌아버릴 것 같았다.

"워매 워매 오지게 넘어지네 잉, 안 다쳤냐 아가."

할머니의 목소리에 정신이 퍼뜩 들었다. 허리 아래로 시원한 바람이 불고 있었다. 허리를 감던 이불이 흘러내리면서 팬티가 반쯤 내려가 오리 궁둥이가 훤히 둔덕처럼 보였다. 이불을 다시 잡으려고 뒤를 돌아본 순간 할머니의 두 눈은 희귀동물을 바라보듯이 내 뒤태를 감상하고 있었다.

"솔찬히 급했는갑다."

할머니가 멀건 눈으로 대수롭지 않게 한 마디 툭 던졌다. 나는 바닥에 깔아뭉갠 이불을 한 손으로 끌어와 다시 허리에 두르고 화장실 문을 후다닥 닫았다. 화장실 문이 닫힌 후 한동안 전기에 감전된 사람 마냥 바닥에 주저앉아 움직일 수 없었다. 너무 오래 소변을 참은 탓인지 아랫배가 개운치 않아 기분이 나빴다. 가슴속에서 한 마리의 야생마가 날뛰는 것 같았다. 윗집 할머니는 기어이 온갖 참견을 다한 후 집을 나섰다.

정오가 조금 지나자 엄마와 아빠가 집으로 돌아왔다.

"오랜만에 시골장이라는 걸 다 다녀보네. 마트가 없어 좀 불편해도 시골 할머니들이 직접 키우는 것들이라 좋아."

"유기농은 서울에도 있거든."

나는 윗집 할머니 때문에 기분이 상해 퉁명스럽게 말했다.

"이런 게 사람 사는 맛이지. 유기농이라고 가격만 비싸지 원, 장날 사람 구경하는 것도 큰 재미야."

아빠는 집으로 들어오자마자 양평장에 대한 찬사를 일장 늘어놓았다. 엄마 역시 전통 오일장 매력에 흠뻑 젖은 듯 보였다. 엄마는 주렁주렁 들고 온 검은 비닐봉지들 속에서 양파, 더덕, 말린 겨우살이, 고사리까지 꺼내 놨다.

"과자랑 햄이 없잖아."

재석이가 울상이 되어 엄마를 바라보았다.

"네 아빠 지갑은 자물쇠 지갑이잖니. 뭘 살 수 있어야지. 네 아빠한테 사달라고 졸라. 엄마는 아무 권한이 없어."

그때 옆에서 듣고만 있던 아빠가 한마디 툭 던졌다.

"재석아, 이제 식습관부터 바꿔야 해. 여기서는 자연이 다 먹거린데 뭐 하러 돈을 써."

아빠의 저 교과서 같은 메뉴를 바꾸려면 앞으로 10년은 싸워야 할 것 같았다. 나는 엄마에게 우리 집을 정거장 휴게소 정도로 생각하는 윗집 할머니 얘기를 꺼냈다.

싸가지 생존기

"누구? 아! 똥매너 할매!"

나는 할머니의 비매너에 대해 성토를 했다.

"하하하 할머니가 그랬니? 그러지 않아도 장에서 잠깐 봤어. 할머니가 네 칭찬 많이 하더라. 애가 아주 여물다고 하던데 뭘 보고 그런 건지."

할머니가 분명 내 이야기를 했다면 그건 엉덩이를 보고 말한 게 분명했다. 정말 속이 엉큼한 할머니였다. 다행히 내가 욕실 앞에서 넘어진 이야기는 엄마에게 꺼내지 않은 모양이다.

"아령아, 여긴 서울하고 달라. 대문을 열고 사는 게 이곳이야."

"우리 집이 뭐 정류장 대합실이야?"

"너 사회 시간에 안 배웠어? 시골은 철저히 공동체 생활이라는 거. 너처럼 쌀쌀맞게 굴다간 이 동네에서 우리 쫓겨날지도 몰라."

엄마는 내게 겁을 주었다.

"그러다 마을 사람들이 몽땅 우리 집에 몰려와 버스 기다리면 어떡해. 난 싫어. 최소한의 사생활은 보호돼야 한다고 생각해. 시도 때도 없이 불쑥불쑥 들어와 뻔뻔히 앉아 관심도 없는 얘기 보따리 늘어놓는 거 정말 괴로워."

"시도 때도 없이 오기야 하겠니?"

"아우 몰라, 난 정말 이 집 맘에 안 들어. 하필이면 버스 정거장 앞이 뭐야.”

“나쁘게만 생각하지 말아! 정류장이 집 앞에 있어 마을 사람들과 친해질 기회라고 생각해. 너도 시간이 흐르면 생각이 바뀔 거다.”

아빠는 내게 생각까지 강요했다. 나는 절대 생각이 바뀔 거라고 믿지 않는다. 이곳은 상식과 거리가 멀었다.

저녁 무렵 이장 아저씨가 집에 들렀다. 60대 중반쯤 되어 보이는 이장 아저씨는 꼬치꼬치 이사 온 배경에 대해 취조하듯 아빠에게 물었다.

“여그는 서울에서 멀지 않아 환자들이 요양 삼아 오는 경우가 다반산디, 주 씨가 아주 동네를 제대로 알고 들어왔구먼. 몸 좀 우선해지면 농사일도 배우고 하세. 지금은 처음이라 좀 힘들어도 시간 지나면 나을 것이네. 산을 끼고 있어 은행이나 잣을 딸 수도 있고 나무새도 봄 되면 캘 수 있구먼. 이 동네가 외지에서 온 사람들이 많아 텃세도 별루 없구 살기는 좋을겨.”

“동네가 아주 정겨워요. 마을 사람들도 친절하고요. 저도 마냥 손 놓고 있을 수는 없어서요. 빨리 소일거리를 해야죠. 애들이 둘이나 돼서요. 어르신께서 좀 도와주세요.”

“내가 도울 게 뭐 있는가. 이 동네 53가구가 똘똘 뭉쳐 잘 지내면 친동기간보다 더 낫어. 여기선 어르신이란 소리 허덜 말어. 일흔이나 돼야 들을 소리여. 형님이라고 불러. 그게 듣기가 편하구먼."

"네, 형님."

이장 아저씨는 형님이라는 호칭을 원했다. 맙소사! 피 한 방울 안 섞였는데 형님이라니! 아빠는 그 마음을 눈치라도 챈 듯 형님이라고 호칭을 얼른 바꿔 불렀다.

"내 이 말은 안헐라고 혔는디, 서울 사람덜 시골에다 발전소니 송전탑이니 짓잖혀. 그리고 냄새나는 양계장 돼지우리는 여그다 지어. 우리는 미세먼지랑 똥 냄시 뒤집어쓰고 전자파는 우덜 애들이 맞고 살다가 뒤지고, 자기들만 살면 장땡인겨. 내 그래서 도시것들 탐탁지 않혀."

그 말을 듣자마자 엄마가 벌떡 일어나 작년에 담가 놓은 인삼주를 넙죽 가져와 술상을 폈다. 아빠는 술을 따르며 이장님의 비위를 맞췄다. 아빠는 이장님께 이 마을로 이사 오게 된 이유를 말했다. 서울에서는 옆집 아저씨를 만나면 어색한 눈인사 정도로 끝났던 아빠였다. 그런데 무슨 마법이라도 걸린 듯 이야기를 술술 잘도 꺼냈다. 자랑할 만한 일도 아닌 사소한 일들까지 아빠는 자존심도 없이 다 털어놨다. 과거에 무슨 일을 했고, 어떤 병으로 인해 여기까지 들어올 수밖에 없었는지 두 시간에 걸쳐 풀어냈다. 나는 이장 아저씨가 우리 집 속내를 자세히 알아야 하는 이유가 뭘까? 남의 사생활을 궁금해하는 건 요즘 세상에 거의 범죄나 마찬가진데 여긴 딴 세상이었다. 어느새 엄마까지 술상에 끼어들어 술잔을 주거니 받거니 하며 대화가 이어졌다. 그날 밤 우리 집은 정류장 앞 포장마차로 변해 있었다.

재석이는 학교생활에 재미가 없어 보였다. 전교 인원이 고작 서른 명이 채 되지 않다 보니 복식수업을 했다. 재석이는 4학년이지만 1, 2학년까지 섞여 한 반에서 수업을 받고 있었다. 더구나 그중 세 명은 자폐아에 다운증후군을 앓고 있는 아이, 베트남에서 3개월 비자로 한국에 들어와 말도 통하지 않는 아이까지 뒤섞여 산만했다. 오전 수업 내내 운동장에 나가 축구를 하는 날도 많았다. 처음에는 운동장에 나가 공 차라는 말에 신난 재석이도 하루 이틀 지나자 노는 것도 시들해졌다.

"학교 상황이 이렇게 심각한 줄 알았으면 여기 안 왔어."

엄마는 재석이가 공부에 흥미를 잃을까 봐 계속 아빠에게 투덜댔다.

"내가 죽는다고 해도?"

"당신이 죽긴 왜 죽어? 지금 재석이 학교 보고도 그래? 베트남 애가 초 단위로 선생님을 불러대는 통에 애가 무슨 수업을 하는지도 모른다잖아. 걔는 뜬금없이 한국에 와서 수업을 방해한담."

엄마는 얼굴이 붉으락푸르락하며 불만을 쏟아냈다.

"베트남 친구를 만났다는 그 자체가 좋은 경험 아냐. 요즘은 글로벌 시대야. 재석이 네가 그 친구 도와주면 베트남 사람이

네 친구가 되는 거구."

아빠는 괴상한 논리로 작은 학교를 두둔했다. 고작 베트남 애 하나 있는 걸 가지고 외국인 학교라도 와 있다는 착각을 했다.

"그래도 수업 시간에 운동장에 나가 볼 차라고 하는 건 좀 심한 거 아냐?"

엄마가 여전히 불안한 음성으로 아빠의 말에 반기를 들었다.

"그게 뭐가 나빠? 어릴 때 자연에서 뛰어노는 게 정신 건강에 얼마나 좋은데."

"정신 건강만 좋으면 뭐하냐구. 애 바보 만들게 생겼는데. 모두 당신이 책임지셔."

"어릴 때 인성이 다져지는 거야. 재석이 공부 못해도 상관없어. 몸 건강하면 뭐든 할 수 있어. 당신 나보면 몰라."

아빠가 건강을 잃은 후 급격하게 소심해진 건 사실이다. 어렸을 때 아빠는 멋진 슈퍼맨이었다. 펄럭이는 망토는 없었지만 뭐든지 해결해줄 것 같은 남자였다. 내 눈엔 아빠가 건강보다 자신감을 잃어버린 것처럼 보였다. 언젠가 아빠가 잃어버린 망토를 꼭 다시 찾았으면 했다.

점심시간이 끝나는 종이 울렸다. 5교시는 담임 과목인 체육이었다. 우리는 모두 체육복으로 갈아입고 운동장으로 나갔다. 아이들이 갑자기 우르르 몰려오더니 소리쳤다.

"바코드다!"

아이들은 담임을 보고 바코드라고 했다. 담임은 체육복 대신 흰 무명한복에 엉덩이 부분이 아래로 처진 옷을 입고 있었다.

"왜 별명이 바코드야?"

난 싸가지에게 물었다.

"저 머리 함 봐봐."

나는 담임의 머리를 보았다. 이마가 유난히 넓었다.

"대머리잖아."

"야! 잘 봐! 그냥 대머리가 아니라 몇 가닥 안 되는 머리칼로 빈 머리를 덮었잖아. 일명 바코드 헤어라고 해. 그것 말고 똥 바지라는 별명도 있어."

"진짜?"

담임은 한쪽 머리를 끌어 올려 민머리를 가린 티가 역력했다. 순간 바코드 물결이 떠올랐고 그 바람에 킬킬거렸다.

어느새 담임이 조회대 앞에 서서 우리를 보고 있었다.

"운동장에 스마트폰 갖고 온 놈들 보이네. 너희들 아직도 스마트 섬에서 탈출 못했니?"

바코드는 머리털을 손으로 한 번 쓸어 모으더니 훈계를 했다.

"옛날에 곰이라고 불리는 놈이 있었다. 곰은 늘 종이가 시꺼멓게 되도록 쓰면서 공부해 결국 사람이 되었다는 전설이 있다. 너희는 겨우 곰에서 이제 사람으로 탈피했는데 이제 인간이 되어야 할 차례다. 그럼 인간이 되려면 공부도 열심히 해야 겠지만 모든 감각을 활용하는 체육 시간도 인간을 만드는 데 중요한 열쇠다. 뇌가 활성화되려면 팔다리 허리를 골고루 움직여줘야 한단 말이지. 그런데도 체육 시간에 꾀를 부리는 녀석들이 있단 말이야. 그런 녀석들은 결코 인간이 되기 어렵다."

바코드는 정말 지루한 이야기를 훈계라고 떠들었다.

"그럼 쌤은 인간이 된 게 맞아요?"

싸가지가 아주 느린 말투로 질문을 했다. 담임은 싸가지의 질문에 잠시 곤혹스러워했다.

"난 인간을 넘어 우주인이라고 할 수 있지."

"에이～ 피이～."

아이들이 모두 야유를 한 방 날렸다. 이런 시골 동네에는 또라이 기질을 갖고 있는 애들이 유난히 많은 것 같았다. 질문하는 학생이나 대답을 하는 선생이나 다 촌것들로 보였다. 바코드는 체육을 열심히 하라는 단순한 말을 아주 복잡하게 전설까지 인용하는 별종이다.

그렇게 일장 훈시를 끝낸 바코드는 누구도 피해갈 수 없는 체육복 검사를 했다. 나는 아직 체육복을 사지 못했다. 다행히 전학 왔다는 이유로 무사통과했다. 체육복을 입지 않은 아이들은 운동장 세 바퀴를 토끼뜀을 뛰라고 했다. 싸가지도 예외는 아니었다. 싸가지는 토끼뜀 대신 앉았다 일어서기를 반복하며 자기만의 속도를 유지했다. 꼭 애벌레처럼 굼실굼실거리는 폼이 우스꽝스러웠다. 벌에 대한 예의가 없었다. 그 애 몸에는 야생적인 데가 있었다. 절대 규칙이나 규범에 적응할 수 없는 반사회적인 유전자 같은 거다.

바코드는 호루라기만 열심히 불며 택견에 열을 올렸다. 바코드는 택견 국가 전수자다. 그래서 도에서 주최하는 시범대회에 사범으로 자주 나간다고 했다. 난 택견이라는 이상한 운동을 엉거주춤 따라 했다. 꼭 탈춤처럼 손을 양옆으로 들어 털어내는 엉거주춤 동작인데 태권도의 기본 동작과 같은 안무였다. 몸을 능청거리며 다리를 들어 올리는 모습이 키다리 풍선인형처럼 보여 킥킥대며 혼자 웃었다. 한마디로 춤이 굉장히 원시적이었다. 더구나 이크, 에크라는 이상한 발음을 동작에 따라 내뱉는 모습이 낯설었다. 바코드는 내 손동작을 조심스럽게 잡아주며 씨름과 태권도가 혼합된 게 택견이라고 설명했다. 아이들은 익숙한 듯 아주 잘 따라 했다. 처음 해보는 이상한 동작에 나는 영혼 없이 따라 했다. 처음엔 이상한 몸짓이라는 생각을 떨칠 수 없었는데 거의 수업이 끝나갈 무렵이 되니 택견 동작은 중독성을 주는 묘한 마력이 있었다.

오 마이 잭!

"저게 누구야?"

"누구?"

"싸가지잖아."

등굣길에 여기저기서 애들이 수군대는 소리가 나는 곳으로 눈을 돌렸다. 누군가 획 하고 내 옆을 지나가는 걸 보았다. 노란 챙 모자를 깊게 눌러서 얼굴이 보이지 않았지만 어깨에 잭을 대롱대롱 매단 모습과 헤드폰이 분명 싸가지였다. 마치 자신의 남자친구를 태우고 가듯이 아무렇지 않게 자전거 페달을 굴렸다. 더구나 알 수 없는 랩까지 흥얼거렸다. 이런 시골 학교에 똘끼 있는 아이들이 많다고 듣긴 했지만 눈으로 직접 보고 나니 어이가 없었다. 어떻게 열여섯이나 나이를 먹은 여자애가 자전거 뒤에 인형을 태우고 다닐 수 있을까. 그래서 왕따를 당하는 건 아닐까 싶었다.

교실로 들어가자 잭이 내 자리에 턱 하니 앉아 있었다.
"치워줄래?"
나는 못마땅하다는 표정을 지으며 말했다. 싸가지는 대꾸 없이 관절인형을 치웠다.
"이딴 인형은 집에 두고 오면 안 되니? 너무 신경 쓰여."
"얘도 이름 있거든, 앞으로 이름 불러. 니가 인형이라고 할 때마다 잭의 영혼이 자꾸 죽는다구. 이름을 자주 불러줘야 얘도 좋아해. 그지 재엑!"
싸가지는 뜬금없이 이름 타령을 해댔다. 얼씨구? 이름씩이나, 나는 속으로 기가 차 비웃었다.
"혹시 저 인형, 마늘을 백일만 먹으면 사람 되는 뭐…… 그런 거라도 돼? 이름이라도 부르면 진짜 사람 되는 거냐구? 진짜 눈 뜨고 못 봐주겠다."
내 말이 번개보다 빠른 속도로 입 밖으로 튀어나가자 싸가지가 날 노려보았다. 싸가지는 갑자기 책상에 엎드려 울음을 터트렸다. 저 감정은 뭐지? 갈수록 종잡을 수 없는 아이였다. 순간 반 아이들의 눈길이 모두 나와 싸가지 쪽으로 향했다. 상황을 추스르기에는 이미 늦어버렸다.

그때 마침 바코드가 교실로 들어왔다. 다행히 바코드가 들어오자 싸가지의 울음은 누군가 버튼을 누른 것처럼 뚝하고 멈췄다. 바코드는 조회시간에 은행나무 축제에 대해 말했다. 수십 그루의 은행나무는 이 학교의 자랑이다. 가을이 되면 은행나무 축제를 통해 지역주민들과의 친목 도모를 함께 하는 행사라고 했다. 학교가 지역주민들까지 챙겨야 한다는 게 도무지 이해가 되지 않았다.

담임이 나가자 싸가지가 구부정하니 인형을 끌어안고 칠판 쪽을 멍하니 바라보고 있었다. 내 말에 모멸감을 느낀 것일까? 왠지 불안 불안했다. 학교생활이 내 생각대로 움직여 줄 것 같지 않았다.

"너 맘 상했니?"

"지금 병 주고 약 주냐!"

싸가지는 좀 전과는 달리 기운을 차린 듯 보였다.

'저놈의 입을 그냥……'

내 속이 부글거렸다.

"내 말이 심했다면 미안…… 그냥 난…… 좀…… 감당이 안 돼서."

"그럼 앞으로 쭈욱 감당해."

싸가지는 냉랭한 표정을 한 채 주머니에 손을 찔러 넣고 교실 밖으로 나갔다. 싸가지의 뒷모습을 보며 기분이 개운치 않았다. 교실을 나와 화장실로 가서 손을 비누로 박박 씻었다. 손을 씻으면 우중충한 기분이 나아질까 싶었다. 그때 내 어깨를 누군가 툭 치고 지나갔다. 목 뒤로 인형을 매달은 꼴이 싸가지였다. 미안하다는 말 한마디 없이 화장실 문을 열고 휙 하고 나갔다. 아휴 저게 진짜? 욕지기가 나올 것 같았다. 난 토막난 욕 한번 내지르려 했으나 익숙하지 않아 침만 꿀꺽 삼켰다.

점심시간이 끝나고 우리 반 아이들은 음악실로 이동했다. 음악 시간에 수행평가로 성악시험이 있었다. 지정곡이 수선화라는 어려운 가곡이었다. 상당히 어려운 음높이를 갖추고 있어 제대로 부르기가 쉽지 않아 거의 포기한 상태다. 어제저녁에 두 번 연습한 게 고작이었다. 제법 노래를 잘하는 아이들도 몇몇 보였다. 나는 목을 가다듬고 교실 앞에 나가 노래를 불렀다. 그런데 음정이 올라가야 하는 부분에서 닭 잡는 소리가 나고 말았다. 눈앞이 캄캄해지고 아이들의 얼굴이 흐릿하게 보였다. 아이들 대부분이 웃는 것 같았다. 전학 오자마자 망신살이 제대로 뻗친 셈이다. 얼굴이 달아오르는 걸 느끼며 나머지 소절을 싹둑 잘라먹고 정신없이 자리로 돌아왔다. 어쩌다가 노래까지 망쳐 존재감을 흔들리게 했다. 다음은 싸가지 차례였다. 싸가지가 나오자 모두 조용했다. 싸가지는 헤드폰을 귀에 끼고 교탁 앞으로 당당하게 걸어 나갔다.

"헤드폰 빼야지?"

음악 선생님의 건조한 음성이 들렸다.

"이거 써도 할 수 있어요."

"그럼 반주가 안 들려 박자를 놓칠 텐데……."

"반주는 필요 없는데요."

역시 싸가지다운 말이었다.

"정 네가 원하면 무반주로 해."

음악 선생님은 싸가지의 고집에도 별다른 말을 하지 않았다. 싸가지는 어떤 상황에서도 튀지 않는 법이 없다. 어떻게 저런 그 배짱이 나오는지 궁금했다. 어딘가 믿는 구석이 있는 애가 분명했다. 싸가지는 목을 가다듬다가 겨우 한 소절 입에서 노래가 흘러나왔는데 가곡이라기보다는 무슨 랩을 하는 것 같았다. 박자, 음정, 발음까지 무시하며 끔찍한 절대 음치였다. 돌처럼 무표정한 얼굴로 떨지 않으려는 듯 잔뜩 어깨에 힘이 들어갔다. 그 모습에 아이들은 키득거리며 웃었다. 음악 선생님도 기가 막힌지 점수를 매길 생각도 안 하며 팔짱만 끼고 싸가지의 입만 뚫어지게 보았다. 가곡을 랩처럼 부른 싸가지의 노래는 그렇게 싱겁게 끝이 났다. 싸가지의 무한 도전이었다. 나는 싸가지의 행동에 어이가 없으면서 묘한 호기심이 발동했다.

하교 시간, 교문을 나오다 보니 자전거를 끌고 나오는 싸가지와 눈이 마주쳤다. 나는 싸가지를 보자 조금 전 음악 시간이 떠올라 웃음이 터져 나와 버렸다.

"왜 웃어? 내 얼굴에 뭐 묻었니?"

싸가지는 의아한 듯 물었다.

"아까 그 노래가 떠올라서, 가곡을 왜 랩처럼 불러?"

"음악이 뭐 별거니? 내 식대로 부르면 되지!"

"그게 바로 문제야. 규칙을 무시하는 거. 너 혹시 관종이야?"

진짜 참아야 할 말을 무심코 내뱉고 말았다.

"그래서 너한테 피해줬어?"

싸가지는 소리부터 질렀다.

"난 네 짝이야. 전학 첫날부터 사물함에 인형을 숨기는 거 보면 알 만해!"

"신경 꺼라. 난 애들이 뭐라든 상관없어. 옆에 잭이 있으니까."

싸가지는 여전히 관절인형 잭이 세상의 전부인 것 같았다. 아무리 인형이 좋다고 친구나 엄마를 대신할 수 있을까. 분명 정신세계가 4차원이었다.

"너 진짜 연구 대상이다. 하긴 우리 부모도 이해 못하는데…… 이놈의 촌구석이 뭐가 좋다고 날 끌고 와서…….."

나도 모르게 속에 있는 말을 싸가지에게 쏟아내고 말았다. 싸가지는 내 푸념 섞인 말에 조금 놀란 듯 바라보았다.

"사실…… 나도 작년에 전학 왔어."

싸가지가 무뚝뚝하게 말했다.

"너두?"

"응."

나는 전학이란 말에 갑자기 적대감이 사르르 녹았다. 좀 전까지 싸가지를 경계하던 마음이 신기하게도 사라지는 것 같았다. 공통점이 있다는 건 사람을 아주 빨리 가깝게 만드는 신기한 힘이 있다.

"근데 너, 전학 왜 온 거야?"

"아빠 때문에…… 아빠는 이런 시골이 좋대. 몸이 좀 아프셔서……."

"너도 어쩔 수 없이 왔구나."

싸가지는 말끝을 흐렸다.

"뭐 그런 셈이지. 근데 넌 무슨 일로 전학 왔어?"

"야! 넌 뭐가 그렇게 궁금한 게 많아?"

싸가지의 말투가 갑자기 냉랭하게 바뀌었다. 내 말이 끝나기도 전에 자전거를 타고 저만치 달려가 버렸다. 싸가지는 변덕스러운 봄 날씨 같은 애다. 저런 애랑 엮였다는 건 내가 운이 없는 거다.

일요일 아침부터 엄마의 큰 손이 내 볼살을 살짝 집어 흔들어댔다.

"오늘 일요일이야."

나는 잠이 덜 깬 목소리로 말했다.

"그만 자고 일어나. 오늘부터 교회에 나가기로 했어."

"교회라구? 누가? 내가?"

"그래 이 동네에서 잘 지내려면 일단 교회부터 나가야 돼. 그래야 여기 정보도 얻고 남의 땅도 빌릴 수 있지. 그러니까 서둘러."

"엄마는 지금 교회를 땅 때문에 가는 거야?"

"사실은 그렇지. 하나님도 그런 점은 이해하셔. 또 그런 이유로 우리를 인도하시는 것 아니겠니?"

"뭐 그런 개똥철학이 다 있어?"

"야! 얼굴을 봐야 신이 우릴 돕든 말든 할 거 아니니. 신은 언제나 인간을 통해 역사하거든."

"난 신 따위 안 믿어. 이 동네서 생존하기 위해 안 다니던 교회까지, 최악이네."

"누가 너더러 하나님 믿으래? 그냥 바늘 가는 데 실 가는 거지 뭐."

"난 실이 아니거든."

엄마는 정말 지독하게 세속적이다. 이 마을 사람들을 만나려면 교회부터 나가야 이웃을 안다는 신념이다. 엄마는 교회를 마을 회관으로 아는 모양이다. 엄마의 잔소리를 견딜 수 없어

이불을 걷어내고 일어났다. 거실로 나오자 두 눈을 의심할 만한 일이 생기고 말았다. 아빠가 검은색 양복을 입고 오른손에 성경책을 들고 서 있는 게 아닌가. 오 마이 갓! 아빠의 그 모습은 마치 유령처럼 보였다. 아빠가 늘 입버릇처럼 하던 말이 떠올랐다.

"아령아, 아빠가 믿는 게 뭔 줄 아니?"

"뭔데?"

"바로 이 주먹이야."

아빠는 주먹을 쥐고 내게 내밀었다.

"주먹을 왜 믿어?"

"주먹은 이렇게 움켜쥐고 있잖니. 내가 세상을 움켜쥘 수 있다는 뜻도 돼."

"아빠의 우상은 주먹이란 뜻이네. 근데 왜 교회를 가?"

"가끔 주먹이 내 의지와 상관없이 자꾸 펴지려고 할 때가 있어. 지금이 그때고."

아빠의 우상은 주먹이라는 말에는 고개가 절로 끄덕여졌다. 그래서 아빠는 가끔 일이 풀리지 않으면 주먹을 방바닥에 꽝꽝 내리치거나 벽을 향해 쿵쿵댔던 것 같다. 아빠의 변신은 무죄다. 왜냐면 이 낯선 곳에서 아빠는 살아남아야 하니까. 아빠의 검은 양복이 그렇게 말하고 있는 것 같았다. 건강을 지키고 농촌에서 살아남으려면 저 정도 변신은 기본인가 보다. 그래도 나는 어른들의 변신이 달갑지 않다. 어른들은 순식간에 신념도 바꿀 수 있고 약속도 쉽게 번복한다. 그 사람들이 우리 부모가 아니기를 바랐는데, 그것은 그저 소망이었다.

마을 회관 위쪽에 교회 십자가가 보였다. 서울 살 때는 단지 안에 있는 교회도 거들떠보지 않았다. 그런 우리 가족이 제 발로 교회를 찾는 모습이 좀 짜증스러웠다. 엄마 아빠가 꼭 이렇게 살아야 하는 건지 못마땅했다.

교회 입구 주차장에 차를 세워 두고 내렸다. 주차장 앞 댓돌에 '정상교회'라는 검은 글씨가 눈에 들어왔다. 교회 앞마당에 들어서자 '할렐루야!'를 외치며 교인들이 주보를 나눠주었다. 예배당 안으로 들어서자 찬송 소리가 들렸다. 우리 가족도 중간쯤 자리를 잡았다. 나는 예배가 처음이라 어색했다. 엄마와 아빠는 오래전부터 교회에 다닌 사람들처럼 진지한 표정을 지었다. 특히 설교 시간에는 알아듣지도 못하는 설교에도 엄마는 고개를 끄덕거렸다. 더구나 가끔 아멘하는 추임새도 빠지지 않았다.

예배 시간 내내 지루했다. 예배가 끝날 즈음 목사님은 새 신자 소개를 했고 우리 가족의 이름이 불렸다. 우리 가족은 모두 강대상 앞으로 나갔다. 목사님은 우리 가족을 소개하며 가족을 위해 축복 기도를 해주셨다. 목사님은 우리 가족을 위해 신령한 목소리로 절절하게 아빠의 건강과 가족의 안위를 위해 기도했다. 새 신자 축복 기도가 끝나고 예배는 끝이 났다. 난 서둘러 예배실을 빠져나가고 싶었다. 일단 엄마의 눈에서 벗어나는 게 급선무였다. 내가 자리를 털고 일어서려 하자 엄마가 내 팔을 붙잡았다.

"나 갈래!"

"좀 있다 가. 뭔 애가 그리 참을성이 없어."

"이게 지금 뭐 하는 짓이야!"

엄마가 내 팔을 끌어당기는 통에 다시 의자에 주저앉고 말았다. 예배가 끝난 줄 알았는데 교인들이 강대상 앞으로 모여들었다. 힘겹게 엄마의 손을 붙들고 서서 앞으로 나가는 남자애부터 눈 사이가 외계인처럼 멀고 뒷머리가 납작한 아이들도 보였다. 산만하게 몸을 움직이며 괴성을 지르는 아이의 엄마도 함께 강대상에 모여들었다. 목사님은 사람들 머리에 손을 얹고 기도를 했다. 기도를 하는 사이에도 연신 알 수 없는 소리가 튀어나왔다. 나는 앞자리에 앉아 그들을 위해 기도하라는 목사님의 말씀에 이상하게 웃음이 새어 나왔다. 왜냐면 이 교회 이름이 정상교회인데 아무래도 정상인보다 장애인이 수가 많아 보였다. 안수 기도 받고 싶은 사람들은 강대상 앞으로 나오라는 소리가 들렸다. 엄마가 자리에서 벌떡 일어나 기다렸다는 듯이 앞장서서 나갔다. 뒤이어 아빠의 모습도 보였다. 엄마가 자신 있게 앞으로 걸어 나갈 줄은 진짜 몰랐다. 앞에 나간 교인들은 목사님에게 머리를 조아렸고 목사님은 두 손을 머리에 얹고 또 다시 중얼거리며 엄숙한 분위기가 계속 이어졌다. 그때 무릎을 꿇고 있는 사람 중 익숙한 얼굴이 눈에 들어왔다. 아, 잭이다. 잭을 옆에 끼고 있는 애는 분명 싸가지였다. 싸가지와 교회, 어울리지 않는 조합이다. 싸가지는 짙은 화장기도 없었고, 뭔가 심각한 얼굴이었다. 그 옆에 싸가지 엄마로 보이는 아줌마도 함께였다. 목사님은 싸가지의 머리 위에 손을 얹고 기도를 했고 싸가지는 잠시 후 바닥으로 누웠다. 사람들이 바닥에 누운 싸가지에게 얇은 담요를 덮어 주었다. 싸가지가 조용히 쓰러진 이유를 몰라 나는 어리둥절했다. 누군가 내 옆구리를 툭 쳤다. 안수 기도를 마친 엄마였다.

"가자."

"엄마, 쟤 왜 쓰러진 거야?"

"내가 알기론 기도에 너무 집중해서 잠시 어지러운 거야. 다른 말로는 임재라고도 하더라."

"임재? 그런 것도 있어?"

"엄마도 잘 모르지만 쟤 신앙심이 아주 깊은 것 같아."

"쟤 얼마나 싸가진데?"

"너, 친구한테 싸가지가 뭐야? 내 눈엔 어디 아픈 거 같아. 그러니 위로해줘."

"위로? 위로 같은 소리 하네. 진짜 위로받을 사람은 나라구!"

싸가지가 위로받을 아이라니 정말 어이가 없었다. 저건 한

마디로 진상이다. 진상도 저런 진상이 없을 듯했다. 어른들의 눈이라는 게 진짜 믿을 게 못 된다. 예수 근처에도 안 간 싸가지를 신앙으로 포장하다니? 잠시 헛웃음이 나왔다. 나는 누워 있는 싸가지를 힐끔힐끔 곁눈질로 훔쳐봤다. 아무리 봐도 자는 것 같지는 않았다. 희한한 일이었다. 싸가지를 깨워 아는 척을 할까 하다 그만뒀다. 교회 식당으로 빨리 오라는 엄마의 재촉에 나는 발길을 식당으로 돌렸다.

교회에서 준비한 점심은 비빔밥이었다. 교회 식구가 되었다는 신고식 같은 거였다. 새 신자 가족이 되었다며 전도사님이 국산 참기름 한 병을 엄마에게 주었다. 엄마는 국산 참기름 한 병에 큰 축복을 받은 사람 마냥 미소가 멈추질 않았다. 우리 가족은 진짜 정상 교인이 된 셈이었다. 식당에서 점심을 먹으며 이장님도 보았고, 우리 집을 정류장으로 아는 윗집 할머니도 보았다. 엄마랑 아빠는 그분들과 잠시 대화를 나누더니 나를 힐끗 보며 손짓을 했다. 나는 그 뜻이 뭔지 몰라 그냥 멍하니 엄마를 바라보았더니 엄마가 내게로 다가왔다.

"너 재석이랑 집에 먼저 가. 문제가 좀 생겼어. 재석이 학교가 폐교될 수 있나 봐. 작은 학교 살리기 대책 위원회가 열린다니 가봐야겠다."

학교가 폐교라는 소리에 집에 가자는 말이 쏙 들어가고 말았다. 나는 할 수 없이 재석이와 30분을 걸어서 집으로 돌아왔다.

유기농 가족

아빠는 재석이네 학교의 통폐합 문제로 학교와 교회를 번갈아 가며 작은 학교 살리기 회의를 했다. 재석이가 전학을 가자마자 불거진 문제라 아빠는 어깨가 무거웠다. 더구나 집 앞에 있는 학교를 놔두고 자칫하면 버스를 타고 한 시간이나 가야 하는 문호리로 다닐 판이었다. 아빠는 학교 통폐합 문제로 굉장히 흥분했다.

"작은 학교가 매력이라 왔더니 학교 통폐합이라니 말도 안 돼."

"그래도 문호리에 있는 학교와 통폐합되면 5억이 학교에 지원된다던데."

"이 사람아, 코앞이 학콘데 차 타고 다닌다는 게 말이 돼?"

"이게 다 인구가 줄어들고 있다는 증거야. 살기가 팍팍하니 결혼도 안 해, 애도 안 낳아. 세상이 어찌 될는지. 당장 우리가 피해자네. 학교가 텅텅 비어가니⋯⋯."

엄마와 아빠의 의견이 동네 사람들처럼 팽팽히 나뉘었다. 토박이 주민들은 폐교만이 잘 살 수 있는 길이라고 오히려 환영하는 눈치였다. 하지만 외지에서 들어온 사람들은 도심의 획일화된 교육에 실망한 사람들이라 폐교를 받아들이지 못했다. 면소재지 학교로 아이들을 보내면 질 좋은 교육 혜택을 받을 수 있다고 생각하는 동네 분들도 있었다.

"무슨 수를 써서라도 막아야지. 서울서 큰 학교 많이 다녀봤지만 좋은 꼴 못 봤어."

"그게 당신 뜻대로 돼야 말이지. 문호리에 있는 학교가 학생 수가 많으니 힘으로 되겠어? 이사 오자마자 술렁거리니 정말 속상해 죽겠어."

엄마는 한숨을 내쉬었다.

"우린 작은 학교가 좋아서 왔는데 이대로 도장 찍을 수 없어. 목사님이 작은 학교 살리기 위원장을 하신다니 뜻을 모아보자구."

아빠는 뭔가 큰 결심을 한 듯 결의에 차 있었다. 아빠는 그뿐 아니라 틈틈이 농작물 백과사전을 들춰보면서 농사를 짓는 방법을 공부했다. 아빠는 영업일만 오랫동안 한 사람인데 농사라니 너무 생소한 일이었다. 아빠는 농사일에 대한 기대가 높았다.

"우린 땅도 없는데 어디다 농사를 지어?"

"시골은 노는 땅 많아. 일할 사람이 없지."

아빠는 뭔가 믿는 구석이 있는 사람처럼 말했다.

"농사도 공부를 미리 많이 해두면 그리 큰 손실은 없을 거야."

아빠는 농사에 대한 알 수 없는 자신감을 보였다. 아빠는 어디서 구해왔는지 종자 카탈로그를 꺼내 월별로 심는 채소들을 살펴보았다. 카탈로그에는 옥수수 덩굴, 제비콩, 고추, 붉은 케일, 토마토 등 다양한 채소들이 위풍당당하게 '나를 심어주세요'라고 말하는 것처럼 아빠를 유혹했다.

토요일, 아빠는 우선 마당 공사부터 서둘렀다. 뒷마당은 텃밭으로 가꾸어 놓지 않아 마른 잡초더미만 무질서하게 자라 있었다. 씨를 뿌리고 거두는 일은 숙명 같은 우리 집의 과제였다. 그리고 뒷마당은 씨도 심기 전에 유기농 채소가 이미 엄마의 머릿속에서 무럭무럭 자라고 있었다. 아빠는 텃밭에 있는 돌과 잡초들을 뽑아냈다. 땅을 20센티미터 정도 깊이의 구덩이 파는 작업을 호미로 열심히 했다. 딱딱하게 굳은 흙덩어리는 삽으로 깨서 부드럽게 만들었다. 아빠와 엄마는 거침없이 둔덕과 고랑까지 파내 번듯한 마당을 텃밭으로 바꾸는 데 성공했다.

"드디어 우리 텃밭이 생겼네!"

한나절 허리를 펴질 않던 엄마는 해거름이 질 무렵 허리에 손을 모으고 말했다.

"그러게. 시골이 좋은 이유가 바로 내 손으로 텃밭 가꾸는 재미지."

아빠도 자신이 일군 작은 텃밭을 보며 스스로 대견한지 오랜만에 환히 웃고 계셨다. 엄마는 앞마당에 미리 사다 놓은 모종들을 옮겨와 심기 시작했다. 방울토마토, 상추, 고추, 오이 등의 모종을 사이사이 간격을 두고 심었다. 모종들을 다 심은 후 비료를 섞은 흙을 덮어주고 물을 뿌려주었다. 아빠는 나무 판에 검은 매직으로 '아령이네 텃밭'이라고 적어 텃밭 가운데에 꽂아두었다. 어느새 우리 집 뒷마당은 작은 텃밭이 푸른 정원처럼 보였다. 텃밭이 완성되자 아빠는 마치 진짜 농사꾼이 된 것처럼 신이 나 있었다. 아빠의 기분과는 달리 나는 텃밭을 보며 슈퍼에 가면 쉽게 살 수 있는 것들을 굳이 고생해 가며 지켜봐야 한다는 생각에 별 흥미를 갖지 못했다. 나는 모종을 옮기며 채소들이 어느 세월에 쑥쑥 자랄지 답답하기만 했다.

전학 온 지 일주일이 지났다. 앞자리에 앉은 달별이와 싸가지는 나란히 책상에 엎드려 있었다. 입에는 침을 풀 딱지처럼 허옇게 묻히고 부스스한 머리는 난봉꾼처럼 헝클어졌다. 싸가지는 지각을 하는 바람에 잭을 데려오지 않았다. 그 이유로 종일 우울해했다. 가끔 거울을 보거나 화장을 고치며 공부에는 큰 흥미를 보이지 않았다. 화성인에 가까운 영혼을 만난 내 운명이 원망스러웠다. 그렇다고 서울처럼 1주일에 한 번씩 원하는 아이들과 짝을 바꿔주는 융통성도 없었다. 담임은 학기가 바뀌기 전에는 짝을 바꿀 수 없다는 원칙을 정했다. 1년 동안 거지같은 시간을 보낼 생각을 하니 한숨이 절로 나왔다.

담임이 교실 문을 열고 들어설 때까지 달별이는 책상에 엎어져 일어나지 않았다. 나는 보다 못해 달별이의 등을 살짝 찔렀다. 그 순간 달별이는 뒤를 확 돌아보며 "너 뭐야?" 하고 신경질적으로 소리를 질렀다.

"주아령! 무슨 일이야?"

담임이 달별이가 지른 소리를 들었는지 나를 지목하며 물었다.

"달별이……."

나는 작은 소리로 중얼거리고 말았다.

그러자 담임은 별다른 반응을 하지 않았다. 싱거운 담임이다.

담임이 문 밖으로 나가자 그제야 달별이가 고개를 들고 일어나 뒤를 돌아봤다.

"자는데 재수 없게……."

달별이는 나사가 풀린 아이처럼 말하며 다시 고개를 책상에 묻었다. 내 오지랖이 문제였고 범생이 습관을 버리지 못한 탓이다. 아침부터 책상에 엎어져 있다가 점심시간에만 잠깐 깨어

나는 아이들이 많았다. 저런 까칠한 애들을 한두 번 겪어본 게 아닌데 싶었다.

2교시가 끝난 뒤 화장실에서 창 쪽에 서 있는 달별이를 발견했다. 달별이가 작은 쪽창 쪽으로 얼굴을 대고 담배를 피우는 모습이 보였다. 나는 애써 눈길을 피했다. 그리고 윤주 뒤에 섰다. 윤주가 나를 보자 작은 목소리로 소곤댔다.

"너 아까 재 때문에 당황했지?"

"음, 조금."

"달별이 건드릴 필요 없어. 걔는 학교 와서 종일 자도 우리 반 1등이야."

윤주의 말을 듣는 순간 침을 꼴깍 한 번 삼켰다. 전교 1등, 내 예상을 완전히 비켜갔다. 나는 다시 한 번 달별이의 얼굴을 쳐다봤다. 도무지 저 오이 쪽 같은 얼굴이 전교 1등이라니…… 얼음을 뒤집어쓴 것처럼 한기가 온몸에 돌았다. 나는 애써 표정을 유지하며 담담하려고 애를 썼다.

"달별이 엄마 보통 극성 아냐. 수업 끝나면 걔네 엄마가 정문에 차 대고 기다렸다가 대치동 학원가로 데려가서 새벽 두 시나 돼야 집에 온대. 재 스트레스 때문에 학교 오면 그냥 자. 얼마나 자면 이불 공주라는 별명이 붙었겠냐."

"재도 참 힘들게 산다. 담임이 뭐라 안 해?"

"달별이네 땅 부자야. 학교에 이미 소문나서 아무도 못 건드릴 걸. 담배 피우는 거 소문났어도 벌점이 나보다 낮아."

윤주는 묻지도 않은 달별이네 집 사정까지 털어놓았다. 무조건 성적만 좋으면 학교생활이 엉망이라도 용서가 된다는 논리 같아 화가 났다. 어딜 가나 성적이 모든 학생에게 면죄부였다. 서울에서도 그런 애들은 넌덜머리 나게 많이 봐온 터라 별반 감흥이 없었다. 아무리 반에서 1등이라지만 내가 이불 공주를 못 이길 이유는 없었다. 저 정도 애들은 내 경쟁 상대가 못 된다. 학원에 안 가도 상위권은 갔던 전력이 아직 녹슬지 않았다. 정작 내가 기대했던 건 이런 성적이 아니라 적어도 서울과는 다른 중미산 맑은 공기 같은 학교였다. 새삼 그런 곳은 대한민국에 어디에도 없다는 사실이 씁쓸했다.

4교시 과학 시간이 되자 교실은 마치 잠자는 숲속 교실이라도 되듯이 반 아이들은 졸았다. 과학 선생님의 기체 운동론에 대한 설명이 꼭 자장가처럼 들려 나조차 전염된 듯 눈꺼풀이 무거웠다. 과학 수업은 그렇게 몽롱하게 흘러갔다. 4교시 종이 울리자마자 아이들이 하나둘 마법에서 깨어난 듯 자리에서 일어났다. 싸가지는 종이 울렸는데 일어날 생각을 하지 않았다.

"야, 일어나 봐. 수업 끝났어!"

싸가지의 어깨를 살짝 두드렸지만 움직임이 없었다. 종일 말할 상대가 없어 지루했다. 이건 전학생의 캐릭터가 아니다. 모름지기 전학생이라면 도도하고 조금은 신비한 맛이 있어야 하는데 캐릭터 실패다. 오히려 수상한 나라의 앨리스가 된 느낌이다. 고고하지도 당차지도 못하고 그들에게 쩔쩔매고 있었다.

"언제까지 잘 거야?"

"꺼져!"

싸가지는 꺼지라는 말 한마디로 가볍게 날 제압했다. 싸가지를 흔들어 깨워서라도 섬처럼 앉아 있는 나를 벗어나고 싶었다. 다시 싸가지를 흔들었다.

"너 죽을래?"

싸가지는 더 센말로 나를 굴복시켰다. 내가 왜 저 괴물을 자꾸 신경 쓰는 거지? 저 괴물이 굶든 말든 건드리지 않기로 했다. 그때 달별이가 답답하다는 듯이 말했다.

"이슬이 건드리지 마. 어차피 쟨 급식비 안 내."

내가 잊고 있던 사실을 달별이가 확인해줬다.

오늘의 급식 메뉴는 돈가스에 카레가 얹어진 밥이었다. 내가 좋아하는 메뉴다. 아침을 굶은 탓에 허기져 식판에 밥을 많이 달라고 주문했다. 식판을 들고 자리에 앉을 무렵 싸가지가 얼굴에 눌린 칼자국을 훈장처럼 볼에 달고 고개를 들었다. 싸가지는 도시락을 꺼낼 줄 알았더니 아무것도 꺼내지 않았다.

"도시락 안 먹어?"

"도시락 안 싸왔어."

"왜?"

"그냥 밥 먹기 싫어서."

"그럼 이거 같이 먹자."

이참에 인심 한 번 써본다는 생각으로 수저 하나를 더 가져와 싸가지에게 건넸다. 참 할 짓이 아니라는 걸 알지만 새 학교에 적응하려면 어쩔 수 없었다. 수저를 내밀자 거절할 거라는 예상과 달리 싸가지는 기다렸다는 듯이 홀랑홀랑 카레 밥을 입 안에 넣었다. 싸가지 뱃속에 거지가 열 명쯤 들어앉은 모양이다. 돈가스 카레를 몇 번 입에 넣지도 않은 사이 어느새 식판에 노란 흔적만 있었다. 싸가지가 식판에 밥을 다 비우더니 이번에는 가방에서 파우더 케이스를 꺼냈다. 파우더 케이스에서 나온 틴트는 핫한 핑크색이었다.

"이거 신상이야. 괜찮지?"

"글쎄, 취향이 아니라서."

싸가지는 비비크림에 파운데이션, 파우더를 차례로 바르고 좀 전에 꺼낸 핑크 틴트를 덧발랐다. 자연스러운 번짐을 연출하기 위해 티슈에 물을 살짝 묻혀 눈두덩을 살살 문질렀다. 구타의 흔적이 느껴지는 눈매를 완성했다. 마무리로 인조 속눈썹까지 달고 나니 거의 좀비 수준이었다. 목과 얼굴의 경계선이 화장으로 명확했다. 침을 손가락에 살짝 묻혀 눈꺼풀을 살살 닦아내고 펜슬로 둥글게 덧칠을 해댔다. 평소 학교에서 이런 애를 보면 언제나 혐오스러운 눈길을 보내곤 했었다.

"꼭 가면 쓴 거 같아."

"그 말도 틀린 건 아니야. 왠 줄 알아? 화장이 자기 얼굴을 감출 수 있는 유일한 방법이거든. 내 맘대로 얼굴을 수십 번 바꿔도 흔적도 안 남고 매일 새로운 사람으로 변신할 수 있고."

"그래, 변신 많이 해라."

"너, 이게 바로 원근법 스모키 메이크업이라는 거야. 어때, 근사하지?"

싸가지는 내게 얼굴을 들이밀며 자랑하듯 말했다. 이건 화장이라기보다 분장이나 변장에 가까웠다. 싸가지는 화장이 끝난 후 가방에서 짧은 청치마와 나시 티를 꺼내 입었다. 옷을 갈아입은 싸가지는 그야말로 다른 사람으로 변신한 모양새였다. 옷을 다 입은 후 싸가지는 갈색 뿔테 안경을 쓰고 창 쪽으로 다가갔다.

"야! 어디 가?"

"나 오늘 약속 있어서 먼저 가려구. 쌤이 물으면 양호실 갔다구 해!"

"뭐어? 무슨 약속이야?"

"넌 알 거 없어!"

싸가지가 열린 창문에 가방을 냅다 던지고 창문을 순식간에 훌렁 넘어갔다.

"잰 땡땡이를 쳐도 꼭 문으로 안 나간다니까."

그때 윤주가 싸가지의 뒷모습을 보며 못마땅한 표정을 지었다.

"야, 쟤 분명히 별장 오빠 만나러 가는 게 분명해."

달별이가 의심의 눈초리로 윤주 말에 대꾸했다.

"별장 오빠? 그게 누구야?"

처음 듣는 별장 오빠라는 말에 궁금증이 생겨 불쑥 물었다.

"양평에서 그 오빠 모르면 귀신이야. 소문에는 늦은 밤 둘이 정약용 생가 쪽에서 봤다는 애들도 있어."

"근데 왜 별장 오빠야?"

"두물머리 쪽에 있는 고급 별장에 살거든. 소문에 의하면 이미 그 오빠 앞으로 건물도 있대. 할아버지가 벌써 물려줬다는데. 외국에 나가서 자기 하고 싶은 영화 공부를 마음대로 할 건가 봐."

"야, 능력 있네. 그런 오빠가 싸가지 같은 애한테? 취향이 이해 안 돼."

"싸가지를 좋아해서? 그냥 애가 좀 별나니까 호기심이지. 쟨 내일이 없는 애야."

"내일이 없는 애?"

"자기 맘대로 산다는 뜻이야."

윤주는 뭘 좀 안다는 투로 말했다.

"내일이 없는 애, 그거 말 되네."

윤주 말이 그리 틀린 말 같지 않았다. 내일이 없는 애하고 짝인 난 내일이 있는 걸까. 나 역시 촌구석으로 들어온 이상 내일이 없는 거 아닐까. 이유 없이 불안했다.

- 지금 뭐 해?

카톡이 울렸다. 내일이 없는 애였다.

- 뭐 하긴 집에 있지.
- 너 양평 구경 안 해봤지?
- 아직.^^
- 잭을 찾아준 보답은 해야지. 내가 양평 구경 시켜줄까?

싸가지는 웬일인지 내게 인심을 썼다.

- 이런 촌구석에 볼 게 있니?
- 너 여기 무시하지 마. 영화 촬영소 있는 거 알아?
- 그런 게 있었어?
- 여기 꽤 수준 있는 동네야. 미술관도 많고 남한강도 있잖아.
- 그래? 수준? 그럼 난 수준 있어서 두 시간에 한 번 오는 버스를 타고
  학교 가는 거임~

- 요즘 서울에서 이 동네 못 와서 난리야.

- 뭘로?

- 교육열 넘치는 학부모. 암 환자. 강남으로 회사 다니는 직장인. 그리고……

- 장애인하고 암 환자?

- 그래.

- 그럼 너도 혹시……?

- 야! 너 죽을래?

- ㅋㅋ 미안 미안. 어제 정상교회에서 확인했지. 양평도 양평 나름이지. 네가 말하는 사람들은 돈 많은 사람들 말하는 거 아냐? 공기 좋은 자연에서 아이 키우는 엄마들은 환경이 다르겠지. 환자도 돈 있는 환자에게는 천국이지만…….

거기까지 카톡을 쓰다가 나는 손가락을 멈췄다. 갑자기 행주 쥐어짠 아빠의 얼굴이 떠올라 마음이 좀 무거웠다. 아빠도 이곳에서는 돈 걱정 없는 환자였으면 좋겠다는 생각이 들었다. 나는 당분간 내일이 없는 애와 어울리기로 했다.

이상한 나라의 싸가지

　토요일 오전 중미 초등학교 앞에서 싸가지를 만났다. 싸가지
는 하늘색 모자를 꾹 눌러쓰고 흰 티셔츠를 입고 나타났다. 싸
가지의 어깨 위로 인형 잭이 긴 팔과 다리를 감싸며 대롱대롱
매달려 있었다. 나는 그 모습을 보자 웃음이 나와 킥킥거렸다.

　"너 그 인형 달고 갈 셈이니?"

　"우린 어디든 같이 가. 그지이 우리 이쁜 째엑."

　싸가지는 어깨에 매달린 잭을 보며 마치 아기에게 하듯 어
르고 달랬다.

　"왜 그래야 돼?"

　"얜 소울메이트니까."

　"하필 인형하고 소울메이트니?"

"꼭 사람하고 하라는 법 있니?"

"인형하고 소울메이트 하는 건 좀 곤란하지 않아? 세상에 널린 게 사람인데……."

난 조심스럽게 말했다.

"잭이 좋은 건 병에 안 걸리고 죽을 때까지 같이 있을 수 있잖아."

싸가지는 아주 낮은 목소리로 읊조리듯 내뱉었다.

"인형에겐 마음과 영혼이 없지만 그래도 널 존중할게. 안녕 잭!"

나는 잭의 이름을 불러 주며 손을 흔들었다. 싸가지는 내가 잭을 인정한 게 좋았는지 환하게 웃었다. 세상은 다른 부류의 사람이 살기 때문에 어쩌면 웃을 수 있을지도 모른다. 나와 달라도 너무 다른 싸가지, 종일 화장품 매장에서 살 것 같은 여자애, 나는 충고 따윈 의미가 없다는 생각이 들었다.

우리는 자전거를 타고 양평읍으로 가는 도로를 달렸다. 길가의 나무들이 봄기운을 머금고 푸릇푸릇 싹이 돋고 있어 달려가는 내내 기분 좋은 탄성이 절로 나왔다. 도시에서 한 번도 느낄수 없는 싱그러운 기분이었다. 답답했던 가슴이 뻥 뚫렸다. 서울에서는 매연에 골목 구석구석 점령한 승용차들 때문에 마음껏 자전거 하이킹을 할 수 없었다. 자전거의 속도가 올라갈수록 내 기분은 붕 떴다. 중학교에 진학한 이후 달려본 적이 없어 더 정신없이 페달을 밟았다. 싸가지와 나는 서로 이야기를 나누며 보조를 맞췄다. 그러는 사이 양평 영화 촬영소 표지판이 보였다.

영화 촬영소를 가는 길은 남한강이 흘렀고 잡지에서나 본 올망졸망한 카페들이 줄지어 있었다. 드문드문 고풍스러운 갤러리들이 한적한 장소에 자리 잡고 있었다. 싸가지 말대로 감독들이 좋아할 만한 풍경들이었다. 눈에 보이는 모든 곳이 영화를 촬영하기에 좋은 장소들이었다.

영화 촬영장은 삼봉리라는 팻말이 보이는 곳에서 10분 더 안으로 들어갔다. 촬영장 입구에 도착하자 커다란 흰색 광고판에 남양주 종합 촬영소라고 쓰여 있었다. 시나리오 한 권만 있으면 영화 한 편을 뚝딱 찍을 수 있는 장소였다. 촬영소 입구에 안내도가 보였다. 안내도에는 관람 순서가 친절하게 표시되어 있었다. 먼저 판문점 세트장이 보였다. 뉴스에서 보던 판문점의 모습과 경비병의 모습이 똑같았다. 우리는 패널로 된 사람 모형에 얼굴을 쏙 넣어 보았다. 싸가지는 핸드폰을 꺼내 사진까지 찍었다. 판문점 세트장을 나와 언덕길을 올라가 보니 이번에는 민속촌 세트장이었다. 초가집들이 여러 채 모여 있었는데 영화를 찍지 않아서인지 폐허가 된 장소 같았다. 다음 코스는 한옥 코스인데 바위틈에서 다람쥐 한 마리가 보였다. 싸가지가 얼쑤 하며 느닷없이 태극권의 동작을 장난스럽게 표현했다. 언덕 끝까지 올라오자 양반댁 한옥이 보이고 정자도 보였다. 정말 영화에서 보던 그대로다.

"여기서 〈왕의 남자〉도 찍었고 〈음란서생〉도 찍었잖아."

싸가지는 자랑스럽게 말했다.

"너 촬영하는 거 다 봤니?"

"다 보긴…… 가끔 공부하기 싫으면 여기 와서 연예인도 보고 영화 찍는 것도 구경하고 땡땡이치는 장소지."

"너 영화에 관심이 많구나. 앞으로 영화배우가 되고 싶은 거 아니니?"

"이 얼굴이 배우 얼굴이니?"

싸가지는 자전거를 천천히 끌며 말했다.

"너 혹시 팀 버튼이라고 아니?"

"팀 버튼, 글쎄 들어본 것 같긴 한데?"

"내 우상이야. 팀 버튼은 미국 영화감독인데 〈가위손〉, 〈배트맨〉, 〈찰리와 초콜릿 공장〉, 〈팀 버튼의 크리스마스 악몽〉 그 외에도 작품이 많아."

싸가지 입에서 영화 제목이 술술 나오는 게 꽤 흥미로웠다. 특히 〈찰리와 초콜릿 공장〉은 몇 년 전 아주 재미있게 보았던 영화였다.

"뭐니 뭐니 해도 〈팀 버튼의 크리스마스 악몽〉이 최고야. 그 작품 꼭 봐."

"그게 그렇게 재밌어?"

"팀 버튼 감독의 공통점은 주인공 모두가 마음이 아픈 사람들이야."

싸가지는 의외로 영화에 대한 지식이 많았다. 영화 이야기를 할 때만큼은 눈이 반짝거렸다. 사람은 겉으로 보이는 게 다가 아니라는 생각이 불현듯 들었다. 학교 안에서 보던 무기력한 싸가지의 모습이 아니었다. 더구나 관심사가 영화라는 사실이 반가웠다.

"영화 같은 일들이 가끔 일어나잖아."

"영화 같은 일은 아무에게나 일어나지 않아."

난 단호하게 말했다. 그러자 싸가지는 피식 웃었다.

"그런가?"

싸가지는 전혀 공감할 수 없다는 듯 뭔가 냉소적이었다.

"아마 상상의 이야기들이 일어난다면 세상이 뒤죽박죽일 걸. 어느 날은 비극이 됐다가 또 다른 날은 희극이 됐다가."

"팀 버튼이 만든 영화 속 주인공은 모두 어둠을 지닌 영웅이라 인간적으로 더 끌리지."

싸가지는 조금 더 표정이 진지했다.

"나도 가끔은 다른 사람의 영혼이 되어봤으면 좋겠어."

"야, 너도 글을 써 봐. 다른 사람이 되어보는 게 꼭 배우일 필요는 없잖아. 작가도 되고 시나리오 쓰는 감독도 되고……."

"내가?"

"못 될 게 어딨어? 난 글 쓰는 건 딱 질색이야. 감옥에 갇히는 느낌이 들어서 싫거든."

"한 번도 그런 생각 못 해봤어."

"바보야! 뭐든 써 보면 알잖아. 너 맨날 수업 시간에 끄적거리는 거 습관이잖아."

"내가? 벌써 내 습관까지 알아?"

싸가지가 내 습관까지 알고 있다는 사실이 그다지 싫지 않았다. 싸가지의 말에 뭔가 불쑥 치고 들어오는 영감이 떠올랐다. 처음부터 난 글을 쓸 생각조차 하지 못했다. 싸가지가 뭐든지 써 보라는 말이 아주 쉬우면서 어려웠다. 내가 몰랐던 나를 알게 해주었다. 사실 내 유일한 취미가 독서이기는 하지만 글을 쓴다는 건 나하고 먼 이야기라 생각했다.

언덕 아래로 걸어 내려가다 보니 오른쪽 도로에 미니어처관이라는 팻말이 보였다. 미니어처관 입구에 영화 포스터가 수십 장 붙어 있었다. 그 안으로 들어가자 영화에 등장했던 모형들이 보였다. 그 옆으로 난 문으로 들어가 보니 영화 소품실도 있었다. 영화 소품실에는 옛날 전화, 가구, 한복 등 전통적인 물건들이 쌓여 있었다. 꼭 고물상처럼 보였다. 싸가지는 학교에서 보던 것과는 달리 상당히 진지한 눈빛이었다.

우리는 영화 촬영을 하는 모습을 보고 싶어 주변을 둘러보았으나 그 어디에도 영화 촬영을 하는 낌새는 없었다.

"오늘은 영화 촬영 없나 봐."

난 맥이 좀 풀렸다.

"날을 잘못 잡았어. 나중에 또 오자."

우린 영화 촬영소를 나와 다시 마을로 들어가는 길을 따라 자전거로 달렸다. 영화 촬영소를 갈 때와는 달리 다리에 힘이 들어가 속도가 잘 나질 않았다.

강이 보이는 삼거리가 나올 즈음 맞은편에서 누군가 자전거를 타고 우리 쪽으로 다가왔다. 검은 헬멧을 쓴 남자의 모습이 인상적이었다. 남자가 머리에 쓴 헬멧을 벗었다.

"너 여기 웬일이야?"

"오빠는?"

"날이 좋아서 운동 나왔어."

"인사해. 수동리에 사는 오빠야."

"안녕하세요. 주아령이에요."

나는 쭈뼛거리며 인사를 했다.

"이슬이 친구니?"

"혹시 그 별장 오빠?"

난 애들한테 들은 이야기가 떠올라 물었다.

"야, 너 어떻게 알아?"

"으음, 들었어."

"오빠, 얘 얼마 전에 전학 왔는데, 지금은 내 짝이야."

"너도 아직은 섬이구나."

"섬요?"

"그래, 외톨이."

오빠 입에서 외톨이란 말에 왠지 정겨움이 느껴졌다.

"야, 우리 외톨이 셋이 정약용 생가 쪽까지 가서 빙수 먹고 가자. 오빠가 쏠게. 아령이 만난 기념으로!"

우리는 자전거를 타며 어느새 팔당댐까지 와버렸다. 별장 오빠는 자주 가는 카페라며 불어로 된 상호 앞에 자전거를 세웠다. 주차장에 의외로 자가용이 많이 서 있는 카페였다. 별장 오빠가 카페 문을 열고 앞장을 섰다.

우린 자전거를 세워 두고 오빠 뒤를 따라 카페 안으로 들어갔다. 오빠는 창 쪽에 있는 자리를 잡고 앉았다. 싸가지는 자주 와본 듯 자연스러웠다. 이런 강이 보이는 카페는 난생처음이었다. 어른들이나 드나드는 분위기 좋은 카페를 아무렇지 않게 들어와 앉는 게 어색했다. 카페라고는 도롯가에 붙어 있는 테이크아웃 카페를 주로 이용해 버블티 정도를 사 먹는 게 고작이었다. 이런 맛에 싸가지가 별장 오빠랑 사귀는가 보다. 별장 오빠는 빙수를 시키고 전화를 받기 위해 다른 자리로 잠시 옮겨 앉았다.

"저 오빠 나이가 몇이야?"

"열아홉, 지금 대안학교에 다녀. 중학교 1학년까지 미국에서 학교를 다녀서 그런지 아직 한국 학교에 적응이 잘 안 되나 봐. 지금은 대안학교에 다니지만 곧 미국으로 유학 간대."

"넌 어쩌다 저 오빠를 알게 됐어?"

난 호기심이 발동해 싸가지에게 물었다.

"오빠가 영화 전공을 할 거라 촬영소에 자주 왔거든. 둘이 영화 얘기로 시간 가는 줄 모르게 얘기하다 보니 친해진 거지."

별장 오빠는 새로 막 빨아 입은 흰 면 티처럼 상쾌했다. 스냅백 모자를 눌러쓴 오빠는 흰 티와 잘 어울렸다. 교복을 입지 않은 오빠는 대학생처럼 보였다. 훤칠한 키에 얼굴이 눈매가 매력적으로 보였다. 어쩐지 휘파람도 아주 잘 불 것 같은 외모였다.

별장 오빠는 통화가 끝나자 다시 우리 자리로 돌아왔다.

"오빠, 누구랑 그렇게 통화를 길게 해?"

싸가지가 궁금해 물었다.

"좀 일찍 캐나다에 가려고."

"그럼 내년에는 캐나다 학교에 있겠네."

싸가지는 별장 오빠가 곧 캐나다에 간다는 사실이 마음에 들지 않는다는 표정이었다.

"메이비……."

오빠는 거의 캐나다에 있는 대학에 진학할 거라는 확신에 차 있었다.

싸가지는 오빠의 말에 조금 섭섭한 표정이었다.

"아령아, 근데 너 이름이 참 끌리는 이름이다. 이상하게 나는 끝자에 령이 들어가는 이름이 좋더라. 대부분 그런 이름을 가진 애들이 얼굴도 예쁘고 발랄하거든."

별장 오빠가 내 이름에 대해 호감을 가진다고 생각하니 갑자기 가슴이 두근거렸다.

"우리 엄마 이름이 너무 흔해 딸 이름은 반에서 하나밖에 없는 이름으로 지어줘야겠다고 마음먹었대요."

"엄마 이름이 뭐길래?"

"진숙이요."

"진숙이?"

"네, 오진숙. 진숙이란 이름이 그 시대에 많아서 좀 짜증이 났대요."

"엄마 덕에 아령인 흔치 않은 이름 얻었네."

난 별장 오빠랑 이야기를 나누는 동안 누가 시킨 것도 아닌데 머리와 몸이 따로 놀았다. 싸가지가 저런 근사한 오빠를 만난 게 부럽기도 했다. 싸가지는 학교에서의 까칠한 모습과는 달리 오빠에게는 착착 감기게 말도 잘했다.

"너, 잭 그만 달고 다녀!"

오빠가 이슬이의 잭 인형을 보고 타박을 줬다.

"오빠, 잭 화내. 그러지 마."

"너 진짜 그럴래. 내가 그렇게 집에 두고 다니래도 여전하네. 아무래도 널 만화 캐릭터로 쓰던가 해야겠다."

"진짜? 그럼 난 영광이지."

싸가지가 턱까지 테이블에 괴며 오빠 가까이에 얼굴을 대고 애교를 부렸다. 싸가지가 그 오빠를 단단히 좋아하고 있는 게 분명했다. 싸가지는 내가 옆에 있다는 것을 잊은 것 같았다. 의외의 모습이지만 이상하게 밉지 않았다. 다만 머릿속이 복잡해졌다. 싸가지와 별장 오빠를 보며 묘한 감정의 수렁에 빠진 것처럼 혼란스러웠다. 주아령, 정신 차려! 갑자기 빠져드는 이상한 기분을 떨치기 위해 머리를 흔들었다. 정체 모를 감정을 떨치기 위해 나는 슬며시 일어나 화장실로 갔다. 화장실에서 손을 씻고 나와 보니 테이블에 있던 싸가지와 오빠가 카운터 쪽에 서 있었다.

"잘 먹었어요."

나는 계산하는 별장 오빠에게 인사를 했다.

"아령아, 너 이슬이 좀 잘 지켜줘라. 얘 어디로 튈지 몰라."

"내가 왜?"

이슬이가 슬쩍 웃으며 눈을 흘겼다.

우린 그 카페에서 나와 삼거리에서 오빠랑 헤어졌다.

"너 그 오빠 굉장히 좋아하나 봐?"

"티 나?"

"음, 아주 많이."

"재수 없겠다. 미안, 재수 없어도 할 수 없어. 내 버킷리스트야."

'버킷리스트?'

'버킷리스트'라는 말에 나는 깜짝 놀랐다. 우리 나이에 버킷리스트라는 걸 하는 애들을 본 적이 별로 없었다.

"버킷리스트라면 이것도 너의 계획 중 하나?"

"그런 셈이야."

"진짜?"

"정말이야."

"사실 전학 와서 영화 페스티벌을 여기서 했거든, 그때 만난 오빠야. 영화 얘기하면서 친해졌어. 어차피 남자친구도 한 번은 만나봐야 후회하지 않을 것 같아서."

이슬이는 말하면서 아랫입술을 지그시 물었다.

"우리 나이에 버킷리스트 만들어 행동하는 애들이 별로 없잖아. 넌 왜 그런 생각을 해?"

"나이가 무슨 상관이야. 빨리하고 싶은 사람도 있잖아."

"너 진짜 독특해."

나는 어이없다는 눈빛을 보냈다. 점점 싸가지를 이해하기 힘들었다.

그날 집으로 돌아와 영화 촬영소에서 보았던 다양한 영화 속 주인공들을 떠올리고는 팀 버튼의 영화들을 사이트에 들어가 다운받아 두었다.

"바보야, 뭐든 써 보면 되잖아."

문득 싸가지의 말이 떠올랐다. 나는 지금까지 막연하게 글을 써 보고 싶다는 생각만 했지 시도해보지 않았다. 실행력이 부족했고 나에 대한 탐구도 없었다. 생각해보면 나는 서점에 가는 걸 좋아했고 도서실에 가서 책을 보는 시간이 즐거웠다. 도서실에 꽂힌 책들을 보며 나는 한 가지 착각을 했다. 책을 쓸 수 있는 작가들은 태어날 때부터 정해졌을 거라고 믿었다. 내게 특별한 재능은 없지만 책을 좋아했다는 건 사실이다. 단 한 번도 공부 외에 다른 재능이 내 안에 있을 거라는 생각을 못 해봤다. 내게 이런 욕구가 있었다니 놀라웠다. 컴퓨터 파일을 열고 '절친 탐구 생활'이란 제목을 달았다. 내가 싸가지를 만나며 발견했던 것들을 떠올리며 하나하나 적었다.

- 진실 하나.
  싸가지는 립글로스 하나 때문에 종일 화장품 매장을 돌아다니는 머리 텅 빈 애가 아니다.
- 진실 둘.
  남자친구와 지극히 자연스럽게 데이트도 할 줄 알면서 여자 친구에게 내

숭 떨지 않는다.

- 진실 셋.

사람이 아닌 인형들과 소통이 더 잘된다고 믿는다.

- 진실 넷.

싸가지라는 굳게 닫힌 문으로 조금씩 들어가고 있다.

- 진실 다섯.

누구의 눈치도 보지 않고 거침없이 하고 싶은 일들을 하고 만다.

그래서 나는 싸가지가 부럽다. 자기 인생인데 맘대로 할 수 없는 아이들 천지인데 싸가지는 자기만의 시간을 살고 있다. 내가 본 친구들은 이유도 모른 채 한 방향을 향해 캄캄한 길을 걷고 있다. 무조건 가야 한다고 모두들 말할 때 마음이 움직이는 대로 할 수 있는 용기가 내게는 없었다.

흙수저와 금수저

"오늘 국회 간다."

아빠가 아침을 먹으며 말했다.

"꼭 국회까지 가야 해?"

엄마는 아빠가 못마땅한 듯 입꼬리를 올리며 되물었다.

"당신 가기 싫으면 빠져."

"싫다는 게 아니라 그러다 무슨 일이라도 생기면 어떡해!"

"일이 생기기 전에 막으러 가는 거야. 진짜 일이 터지고 나면 그땐 늦어. 일단 기금부터 마련해서 통학버스를 운영해야지. 아이들 숫자를 늘리는 게 우선이야."

아빠가 국회까지 머리띠를 매고 시위를 한다는 말이 믿어지지 않았다. 일이 점점 커지고 있었다. 밤마다 마을 사람들이 학교에 모여 신경을 곤두세우며 고성이 오고 갔다. 아빠는 그 사이 작은 학교 살리기 운영회장을 맡았다. 교육청에서 학교로 나와 학부모 설문조사와 폐교에 대한 설명회를 여러 번 했다. 통폐합이 되면 영어체험학습센터가 학생들에게 유리한 교육 혜택이 될 것이라고 했다. 학부모들 일부는 설문조사가 일방적이고 불공정하다는 항의를 했다. 학교 인근 주민 자녀는 열 명도 채 안 된다며 반대도 만만치 않았다. 더구나 내년 입학 예정인 학생이 세 명 정도라는 사실 때문에 폐교에 대한 불안을 떨칠 수 없었다. 아빠는 팔을 걷어붙이고 작은 학교를 살리려는 대안을 마련하느라 바빴다. 먼저 기금을 마련해 통학버스를 마련하고 인근 이웃 마을 아이들을 유치하자는 제안이 있었다. 그리고 학생들이 유치되어 도로 없는 땅에 길을 내고 그러다 보면 땅값도 상승할 수 있을 거라는 대안이었다. 작은 학교의 장점을 아빠는 최대한 부각하기로 했다. 체험 활동이 많고 예체능 교육과 일대일 교육이 가능한 혁신 학교라는 전략이다.

"학교가 기업도 아니고 구조 조정을 이런 식으로 한다는 게 말이 돼? 자연환경 속에서 교육 시킬 권리가 국민에게도 있는 거라구!"

"진짜 자기 말 한번 잘하네. 당신 이번 기회에 국회 앞마당만 갈 게 아니라 아예 국회 의사당 안으로 들어가라. 내 시원히 밀어줄게."

엄마는 농담 삼아 한 말이었지만 아빠는 그 누가 보아도 사명감에 불타올랐다. 먼저 작은 학교의 취지를 살리는 대안을 마을 사람들에게 알리고 교육청에도 찾아가 공무원들을 설득도 해봤다. 폐교를 막으려는 아빠의 노력에 마을 사람들의 마음이 조금씩 움직였다. 작은 학교를 살리자는 운동에 동참하는 지역 주민들이 국회 앞 시위까지 불사했다.

아빠가 학교 일로 정신이 없을 때 엄마는 작은 텃밭에 씨를 뿌리고 모종도 심었다. 엄마는 아침마다 텃밭에 물을 주는 일이 신이 나 죽을 지경이었다. 하루하루 쑥쑥 커가는 새싹에 엄마는 아이를 키우거나 하듯 정성을 들였다. 더구나 상추 모종이 간밤에 내린 비를 맞더니 쑥쑥 자란 것이 곧 잎을 따 먹을 수 있을 것처럼 키가 훌쩍 컸다. 유기농 텃밭을 가꾸는 일이 엄마에게는 활력소였다. 전원생활이란 몸을 부지런히 움직여야 한다는 철칙을 알고 계셨다. 먼저 양평장에 나가 병아리들을 다섯 마리나 사와 마당에 풀었고, 몸집이 작은 강아지도 한 마리 사왔다. 말 그대로 잡종이었다. 털 색깔이 누렁이를 연상할 수 있는 그런 개였다. 생후 3개월이 되었다는 어린 강아지에게 먼저 인사를 했다.

"안녕, 난 아령. 우리 집 식구가 된 거 축하해야 할지 모르겠네. 너 이제부터 우리랑 고생 좀 해야겠다."

병아리와 강아지가 마당을 차지한 탓인지 식구들이 꽤 많이 늘어났다. 아빠의 포부는 병아리들이 자라면 갓 낳은 따끈 따끈한 유기농 계란을 먹자는 거였다. 마당에 놓여 있는 노란 병아리가 어느새 닭이 되어 알을 낳을 수 있을지 별 기대가 없었다.

"야! 드디어 우리도 밭이 생겼어!"

아빠의 목소리가 들떠 있었다.

"달타냥을 산책시키면서 알게 된 동네 어르신이 남는 밭이라 고 고구마든 감자든 마음대로 심으래. 대신 좀 나눠주면 된대."

"당신이? 어이고 드뎌 농사꾼 나오셨네."

엄마는 새내기 농사꾼이 된 아빠를 보고 빈정댔다.

"이 사람아, 내가 여기 오자고 한 거 잘했지? 이제 유기농 채 소들이 지천이네."

"글쎄 좋긴 한데 농사 잘 지을 자신은 없는데…… 서울에 살 때 잘사는 사람들이 유기농 매장에서 우리 농산물 사 먹을 때 진짜 부럽더라. 이제 우리가 직접 유기농 채소를 지어 먹을 수 있다는 게."

엄마는 얼굴 가득 뿌듯한 표정을 지었다.

"사람들이 참 이상한 건 유기농 안 먹으면 얼마 못 가 병에 걸려 죽을 거라는 식의 분위기를 조성해. 이건 거의 공갈 협박 수준이야."

싸가지 생존기

"이 사람아, 그것도 알고 보면 다 상술이야. 나 어릴 때 다 유기농이었는데, 그 사람들 다 장수했게."

"그래도 농약 안 친 채소들을 눈으로 확인하고 먹어서 그런지 맘이 편하잖아. 병든 남편 따라 왔더니 입 호강을 하긴 하네."

엄마는 여전히 아빠를 빈정대는 건지, 진짜 좋아서 그러는 건지 알쏭달쏭했다.

"이봐요 오진숙 씨, 이제 세상은 먹거리 전쟁이야. 지금은 남의 밭부터 시작이지만 앞으로 농사 잘 지어 우리가 유기농 농산물 공급자가 되어보는 꿈도 나쁘지 않아. 농자천하지대본이라는 말도 있잖아. 요 옆 동네 닭을 700마리나 키우는 시인 농부가 있는데 유정란을 강남의 한 백화점에서 비싼 값을 쳐준다고 해도 거절했다네. 대단하지."

"왜 그랬대? 나 같으면 얼른 계약했겠네."

"그분 말로는 부자들 입에만 유정란을 먹게 할 순 없다고 하더군. 소신 있는 농사꾼이지. 나도 그분 같은 농사꾼이 되어보고 싶네."

"그렇게 좋은 걸 왜 이제야 했누. 농사꾼 아내 되는 거 어렵지 않아요. 남편 병들고 실직하면 되거든요."

엄마는 개그맨처럼 흉내를 냈다. 그 바람에 나와 동생은 배를 붙잡고 깔깔거렸다. 이내 아빠는 얼굴이 붉어지더니 뒤늦게 어설픈 웃음을 지었다. 이제 우리 집 먹거리를 우리 힘으로 농약 안 치고 먹을 수 있다는 기대감에 부풀었다.

아빠는 한동안 귀농 교육을 받으러 읍으로 나갔다. 귀농 귀촌 종합센터라는 곳에서 작목별 과정을 들었다. 아빠의 일과는 농사 초보꾼으로 새로운 삶의 시작이었다.

처음엔 가족 모두가 밭에 나가 물끄러미 땅만 바라보기 일쑤였다. 아빠의 귀농 교육이 끝날 즈음 200평 남짓의 땅에 비닐하우스를 치고 태양초를 심기 시작했다. 고추 농사는 저농약 재배가 목표였다. 160여 포기의 고추를 4줄로 심었다. 아빠는 귀농 수업에서 배운 솜씨를 자신 있게 발휘했다. 나 역시 엄마를 도와 흙을 만져 보았다. 생각보다 감촉이 나쁘지 않았다. 엄마와 아빠는 땀이 비 오듯 하면서 땅을 뒤집어엎었다. 날이 더워지기 전에 한 번 시도해본다는 각오로 엄마와 아빠는 밭을 일구었다. 엄마는 생전 처음 호미질이라는 것을 해본 탓에 밤이면 손가락 마디에 물집이 잡히고 쑤시기까지 했다. 엄마와 아빠는 밤낮으로 비닐하우스에 종일 매달려 퇴비 거름과 미강 가루를 깔아 미생물을 살포했다. 비닐하우스가 완성되자 아빠는 뭔가 큰일을 해낸 사람처럼 뿌듯해했다.

"어머 이 새치 좀 봐. 나이 들어 생긴 흰머리는 마음까지 하얗게 한다더라. 여기서 흙 파다 늙어 죽겠네. 이 손바닥 좀 봐. 꼭 논바닥처럼 쩍쩍 갈라지려고 해."

엄마는 온몸의 변화에 울 것 같은 표정이었다. 엄마의 손이 농사를 시작한 지 한 달도 안 되어 거친 수세미 같다는 게 안타까웠다. 엄마 손을 보면서 내 손도 곧 엄마처럼 변할 것 같아 나는 한동안 밭에 나가지 않았다.

"내 피규어들 한번 볼래?"

학교가 끝난 후 싸가지는 내게 집에 가자는 제안을 했다. 나는 잠시 망설였다. 너무 의외의 말이었다. 난 한 번도 싸가지 집에 갈 거라는 생각을 안 해봤다.

"진짜?"

겨우 한다는 말이 진짜라는 말이었다. 싸가지는 대답 대신 고개를 끄덕였다.

싸가지의 집은 마을에서 산 쪽으로 더 올라갔다. 진짜 마녀의 과자 집이 나타날 것만 같았다. 숲속 타운하우스라는 팻말이 보일 즈음 고급 전원주택단지가 보였다. 엄마에게 숲속 마을에 대해 들은 적이 있다. 그곳은 외지인들 중 강남으로 출근하는 사람들이나 아틀리에를 운영하는 예술인들, 몸이 안 좋은 부자 환자들이 많이 사는 동네였다.

싸가지의 집은 프랑스 남부 도시에서나 볼 수 있는 지중해식 복층 고급 주택이었다. 빨간 기와지붕에 거실쪽으로 난 통유리 창문, 마당에는 잔디가 깔렸고 낮은 울타리가 하얀색으로 페인트칠이 되어 있는 집이었다. 더구나 2층에는 발코니가 아담하게 보였고 마당에는 바비큐장이 있었다. 깔끔한 크림 계열의 벽돌과 화이트 톤의 담장, 내가 평소 꿈꾸던 집이었다. 그중에서도 내 마음을 확 잡아끈 것은 줄 그네였다.

"너 완전 금수저네! 근데 똥 씹은 그 얼굴은 뭐냐!"

나도 모르게 송곳같이 뾰족한 말을 하고 말았다.

이번엔 싸가지 대신 내 감정이 롤러를 타기 시작했다.

"너 말투에 가시가 박혔다?"

"맞아, 나 흙수저라 그래. 됐냐?"

난 그 말을 하면서 깔깔거렸다.

"흙수저라도 고아는 아니잖아."

싸가지 입에서 느닷없이 고아라는 단어가 튀어나왔다. 나는 그 말에 갑자기 말문이 막혔다. 고아와 흙수저가 무슨 상관이 있는 건지 이해가 안 되었다.

"야, 빨리 피규어 보여줘."

나는 피규어를 보자고 재촉을 했다.

현관 안으로 들어가자 집 내부는 무척 깔끔했다. 자주색 패브릭 소파가 눈에 들어왔다. 엄마가 좋아하는 스타일이다. 소파 뒤쪽으로는 벽난로가 보였다. 드라마에서 보는 집처럼 깔끔하고 세련된 가구들이 정갈하게 배치되어 있었다. 나는 커다란 집에 주눅 들지 않았다는 걸 보여주려고 허리를 꼿꼿이 세웠다. 그때 방에서 누군가 나왔다.

"이슬이 친구 왔구나!"

무릎 길이의 핑크색 원피스를 입은 아줌마가 환하게 웃으며 나를 맞아주었다. 싸가지의 표정이 이내 어두웠다.

"외출한다더니······."

"으응, 약속이 취소됐어."

"안녕하세요. 이슬이 짝, 아령이라고 해요."

나는 얼떨결에 인사부터 했다. 아줌마는 웃으며 내 인사를 받았다. 싸가지의 엄마 같았다. 싸가지는 내가 인사를 마치자마자 내 손을 잡아채며 2층 계단으로 나를 몰았다.

싸가지의 방은 2층이었다. 창 쪽으로 해가 들어오는 밝은 방이었다. 하늘색 커튼이 마음에 들었다. 피규어와 인형은 침대와 장식장 쪽으로 쭉 진열되었다. 먼저 눈에 띈 게 배트맨 피겨 시리즈 중 펭귄 맨, 사이보그 009, 역시 눈을 덮은 옆머리가 아직도 레전드 급이다. 가가멜 피규어의 모습에서 스머프가 튀어나올 듯이 보였다. 핑크색 토끼 장난감은 태엽을 감으면 뒤뚱거리며 움직였다. 마치 다양한 사람들의 축소판처럼 피규어들은 제각기 다양한 표정을 짓고 있었다. 이 방의 주인은 피규어와 인형이다. 내 방과는 전혀 다른 세상이었다. 어릴 적부터 모아온 흔적이 고스란히 녹아 있었다. 싸가지의 방은 고등학교 진학을 앞둔 학생의 방으로 보기에는 힘든 방이었다. 정말 싸가지다운 방이었다.

"어릴 때부터 인형을 좋아했어. 인형이 방에 꽉 차 있으면 이상하게 마음이 편해. 나랑 보낸 시간이 가장 많은 친구들이야."

"인형한테 둘러싸여 있으면 무서울 것 같아. 꼭 인형들이 사람처럼 날 내려다볼 것 같거든."

"나랑 생각이 완전 달라. 쟤네들이 날 지켜줘."

"너 외계인 아냐? 인형이 널 지켜준다고?"

그때 방문을 열고 싸가지의 엄마가 들어왔다.

"우리 이슬이가 어쩐 일로 집으로 친구를 다 데려왔네."

싸가지 엄마는 딸기를 접시에 담아 책상 위에 두었다.

"이슬이 학교에서 어떠니?"

싸가지 엄마는 내게 웃으며 물었다. 그러자 싸가지는 불안한 눈빛으로 말을 가로막고 나섰다.

"아, 씨, 나가라구! 내 친구한테 뭘 또 캐려구!"

싸가지는 짜증을 부리며 소리부터 질렀다.

"아유 기집애, 이모가 너 걱정 돼서 그러는데 왜 그래?"

이모, 분명히 이모라는 단어가 귀에 꽂혔다. 엄마가 아니라 이모였다. 싸가지는 이모라는 말에 당황한 듯 표정이 어두웠다. 싸가지의 예민한 반응에 난감하다는 듯이 이모는 방을 나갔다.

"엄마가 아니라 이모셨구나."

"듣고도 몰라?"

싸가지의 표정이 자못 심각했다. 싸가지의 기분이 다시 롤러코스터를 타고 있었다. 뜨거운 음식을 먹다 입천장을 덴 느낌이었다. 왜 내게 거짓말을 했을까. 싸가지의 눈꺼풀이 바르르 떨렸다.

책상 위에 가지런히 놓인 나무 앵글의 액자 속에 이모 대신 다른 여자 분의 얼굴이 보였다. 눈매가 싸가지와 많이 닮았다.

"혹시…… 사진 속 저분이 엄마니?"

싸가지는 대답 대신 고개를 끄덕였다.

"근데 왜 이모랑 사는 거야?"

"지금…… 대답해야 하는 거니?"

"아…… 아냐. 말하기 싫으면 하지 마."

싸가지의 종잡을 수 없는 태도 때문에 맘이 조마조마했다.

"우리 엄마 죽었어."

뜻밖의 말이었다. 찰나의 순간이었지만 싸가지의 눈은 딱딱하게 굳어버린 듯 움직임이 없었다.

"…… 미안해. 그런 줄도 모르고……."

"너 지금 속으로 동정하는 거니?"

"무슨 말이 그래? 엄마는 없지만 아빠도 있고 부자 이모도 있잖아."

"아빠? 부자 이모?"

"우리 아빠 네 눈으로 봤어?"

"그럼 아빠도?"

예상치 못한 말들이 싸가지 입에서 폭탄처럼 터져 나오는 게 당황스러웠다.

"부모가 이혼한 애들은 봤어도 고아는 못 봤지?"

"이슬아……."

난 순간 할 말을 잃어버렸다.

"아빠는 내가 두 살 때 간암으로 돌아가셔서 아예 기억조차 없어."

"진짜?"

"그 비극적인 표정은 뭐냐? 나 생각보다 괜찮아. 부모 없는 거 편한 점도 아주 많아."

싸가지는 조금 흥분된 상태였다. 난 지금까지 부모가 없는 세상은 상상해본 적이 없었다. 부모가 없다는 건 어떤 기분일까? 오히려 엄마 아빠가 매일 싸우는 모습에 지쳐 가끔은 이혼해버리지 왜 저러고 사나 하는 생각을 한 적이 있다.

"너 많이 힘들었겠다?"

"전혀, 엄마와 아빠는 천국에 있다고 생각해. 그래서 마음도 편해. 그냥 나랑 같이 있지 못한 것뿐이야. 오히려 옆에 있으면 아주 귀찮을 것 같아."

싸가지는 아주 단호하게 말했다.

"난 절대 너처럼 담담할 수 없을 것 같아. 아빠가 화장실에서 5분 이상만 안 나와도 마음이 불안해. 그런데 넌…….."

"가끔 죽는 게 행복한 사람도 있어. 몸이 아파 너무 힘든 사람은 죽는 게 평화래. 이모가 그랬어. 절대 슬퍼하지 말라고. 내가 자꾸 울면 엄마의 영혼이 편하지 않을 거래. 엄마가 천국 가기 전에 약속하자며 손가락까지 걸었거든. 그래서 난 슬퍼할 수 없어."

"그건 감정을 속이는 거 아냐?"

"니가 뭘 안다고 그래? 날 알아? 내 속에 들어와 봤냐구!"

싸가지의 날 선 목소리에 내가 또 쓸데없는 말을 하고 말았다는 걸 알았다. 싸가지는 이빨로 손톱을 물어뜯으며 눈을 아래로 깔았다.

"너 내가 불쌍해 보이니?"

"그…… 그건 아냐."

싸가지의 공격적인 어투 때문에 나는 말까지 더듬었다. 싸가지의 불안정한 모습에 그 어떤 말도 꺼내기 어려웠다. 싸가지의 감정이 아슬아슬하게 보였다. 갑자기 싸가지가 침대에 벌러덩 누워 베개 옆에 둔 책을 안고 이불을 뒤집어썼다.

"이슬아, 내 말이 심했다면 미안해. 난 그냥…….."

"그만 좀 꺼질래? 갑자기 머리가 아파서 쉬어야겠어."

싸가지는 냉랭하게 이불을 뒤집어쓴 채 소리를 질렀다. 싸가지의 행동에 머리가 띵했다. 한 대 맞은 기분이었다. 아무리 화가 나도 자신의 집에 친구를 초대해 놓고 나가라는 건 이해할 수 없었다. 갑자기 귀에서 왱왱거리는 소리가 났다. 이건 벌통을 건드린 대가다. 나도 기분을 잡친 건 마찬가지였다. 나는 아무 말도 못 하고 싸가지의 방을 조용히 나왔다.

1층 현관문을 열고 밖으로 나오자 마당에서 화초를 손질하던 이모가 자리에서 일어나 내게 다가왔다.

"벌써 가게?"

"네……."

나는 낮고 자신 없는 목소리로 간신히 대답했다.

"나 때문에 기분 상했나 보네. 우리 이슬이 상처가 좀 많은 애라 힘들 거야. 부모님이 일찍 돌아가셔서 많이 외로울 거야. 게다가 몸도 약해 늘 예민하지."

싸가지의 이모는 묻지도 않는 말들을 했다.

넓은 잔디밭과 단풍나무 자연석이 있는 정원을 걷는 발걸음이 쉽게 내딛어지지 않았다. 공 하나가 숨구멍을 막고 있는 듯 답답했다. 발코니가 있는 싸가지 방을 다시 올려보았다. 2층 방은 어느새 커튼이 창을 가렸고 어두웠다. 왠지 적막해 보였다. 정원에서 올려다 보이는 창문은 그다지 낭만적이지 않았다. 싸가지는 지금 혼자 울고 있을 것만 같았다. 누구 말대로 난 아직도 인생을 한참 모르는 애가 맞다. 싸가지는 지중해식 전원주택에 살면서도 행복하지 않아 보였다. 싸가지는 내가 풀 수 없는 모스 부호와 같다. 어느새 정거장 가로등에 붉은 등이 켜졌다.

이상한 아이, 싸가지. 묘한 아이 싸가지는 분명 평범한 아이가 아니었다. 집으로 돌아온 후에도 싸가지 때문에 머릿속이 혼란스러웠다. 찬물을 부은 듯 우리 사이가 갑자기 서먹해진 이 느낌, 싫다.

싸가지는 그날 이후 웃지도 입을 열지도 않았다. 비밀을 들켰다는 부담감 때문일까. 싸가지에게 무슨 말을 먼저 꺼내야 할지 고민이 되었다.

"이슬아, 아직 기분 안 좋니?"

"신경 꺼."

"진짜 힘들면 힘들다고 말해."

"그 입 다물어라. 너더러 내 감정까지 관리하란 적 없다!"

싸가지의 얼굴이 다시 붉어지기 시작했다. 그 말이 최후통첩 같아 나는 입을 다물었다. 내가 어쩌다 싸가지 눈치나 보는 신세가 됐는지 모르겠지만 싸가지의 마음을 어떻게든 풀어주고 싶었다.

대화가 끊긴 지 3일째 되는 날, 싸가지는 초점 없는 눈으로 무슨 생각을 하는지 말이 없다. 무거운 침묵은 인내심의 한계를 느끼게 했다. 사실 따지고 보면 내가 뭘 잘못했는지 모르겠다. 정작 화낼 사람은 나였다. 기껏 집으로 초대하고선 도리어 자신의 비밀이 밝혀졌다는 이유로 발끈하는 저 태도는 뭘까? 싸가지는 여전히 손톱을 이빨로 잘근잘근 물어뜯으며 불안한 눈빛으로 묘한 냉기를 흘렸다. 내 눈길까지 피하는 싸가지를 이대로 두고 볼 수는 없었다. 혼자 고민하는 모습이 안쓰러워 학교가 끝난 후 화장품 매장에 들러 손톱 영양제를 샀다. 사과의 손 편지도 포장지에 적어 넣었다.

수업이 끝난 후 시든 배춧잎처럼 어깨가 축 처진 싸가지의 뒷모습을 보며 뒤를 따라갔다. 교문을 벗어날 때쯤 나는 싸가지를 불렀다. 싸가지는 들은 척도 하지 않고 앞만 보며 무심히 걸어갔다. 나는 마음의 끈을 단단히 조여 매고 싸가지를 추월해 앞을 가로막았다.

"윤이슬, 손 줘봐."

싸가지는 멀뚱히 날 바라보았지만 끝내 손을 내밀지 않았다. 나는 어색한 분위기를 무마하기 위해 싸가지의 손을 강제로 끌어 포장된 선물을 주었다. 싸가지는 얼결에 선물을 쥐고 어이가 없다는 표정으로 날 바라보았다.

"야! 이거 뭐야!"

"별거 아냐."

　　　　　　　　　　　　　　　　　　싸가지 생존기

나는 그 말만 하고 줄행랑을 치듯 도망갔다.

오늘은 종일 비가 왔다. 나는 점심시간에 도서실에 들렀다. 도서실은 복도와 비교할 수 없을 만큼 고요했다. 도서실은 신기한 공간이다. 혼자 있어도 고독하지 않다. 시간이 멈춘 듯 그어떤 고민도 사라지게 하는 힘이 있다. 책이 빽빽이 채워져 있는 서고로 다가가 작가들의 삶이 담긴 책이 있나 살폈다. 그러다 러시아 작가들이 나온 두꺼운 책 한 권이 눈에 들어와 꺼냈다. 겉장을 펼쳐보았다. 제1장은 톨스토이였다.

톨스토이는 백작의 아들이었고 일찍 부모를 잃었다. 그로 인해 감수성이 예민했다. 10대부터 일기 쓰는 습관이 그를 작가로 만들었다. 특히 외국인 가정교사로부터 취미와 교양을 충분히 쌓아왔다. 그 대목에서 가정교사도 교양도 없는 내가 작가가 될 수 있을까 하는 불안한 마음이 들었다. 톨스토이는 대부호의 아들로 태어나 가난한 사람들의 편이 되어 글을 쓴 점이 아주 독특하고 흥미로웠다. 더구나 자신의 큰 저택도 인세도 가난한 사람에게 내어주는 성자의 마음을 가졌다는 게 아직도 이해가 되지 않았다. 그런 사람이 실제로 있었다니…….

다음 장은 도스토옙스키였다. 『죄와 벌』을 읽었던 기억이 났다. 굉장히 어둡고 무거웠던 작품이었다. 전당포 노파가 인상적이었다. 도스토옙스키 역시 16살에 어머니가 죽었고 어려서부터 밑바닥 생활을 하며 폭군인 아버지 밑에서 성장했다. 평범하지 못한 사춘기가 작가들에게는 일상처럼 보였다. 더 놀라운 점은 그가 도박 중독자였다는 사실이다. 작가와 도박은 어울리지 않는 조합이다. 도박을 위해 글을 쓴 건 아닐까 싶을 정도로 중독이었다. 톨스토이와 도스토옙스키 모두 러시아 작가지만 삶은 너무나 달랐다.

마지막으로 막심 고리키 역시 3살 때 아버지가 죽었고 어머니는 재혼해서 외할머니와 함께 지낸 유년시절이 있었다. 러시아 작가들의 삶은 참으로 유년시절이 모두 행복하지 않았다. 부모를 일찍 잃었다는 상실감으로 평생 어두운 그림자가 드리울 수 있다는 사실을 알았다. 그리고 작가도 완벽한 인간이 아니라는 점은 참으로 다행이었다. 앞으로 나쁜 일들이 일어난다고 해도 크게 낙담하지 않을 증거들이었다. 작가들의 유년시절을 읽어보면서 나 정도의 어려움은 깜냥도 안 된다는 사실을 깨달았다. 성공한 사람은 나와 많이 다를 거라는 생각을 했다. 그런데 오히려 나보다 어려운 환경에 살았던 사람들이 많았다는 점은 조금 희망적이었다.

"오늘은 수업 끝나고 택견 연습을 하는 날이니 잠깐 남도록 해."

담임이 종례 때 한 말 때문에 아이들의 한숨이 쏟아졌다. 달

　　　　　　　　　　　　　　　　　　　　싸가지 생존기

별이는 아예 담임이 교실 밖으로 나가자마자 학원에 늦었다며 가방을 끌어안고 튀어나갔다. 싸가지는 몸이 아프다는 이유로 조퇴를 했다.

운동장에 모인 아이들은 달랑 열 명 남짓이었다. 바코드는 운동장에 남은 아이들의 수가 얼마 안 된다는 걸 눈으로 확인하고는 심각한 표정을 지었다.

"이 자리에 없는 새끼들은 다 뭐야! 엉!"

담임의 목소리가 운동장을 흔들었다.

"인생을 하루로 본다면 너희는 지금 새벽이야! 알아? 뭐가 그리 바쁘다고 다 튀어."

지루한 바코드의 잔소리 때문에 귀에 딱지가 앉을 판이었다. 나는 지루함을 견디지 못해 땅을 발로 톡톡 쳤다. 그 순간 담임이 소리쳤다.

"너!"

담임의 날 선 소리에 정신이 번쩍 들었다.

"저, 저요?"

나는 얼떨결에 말을 더듬거렸다.

"그래, 주아령. 몸을 있는 대로 비비 꼬고 태도가 그게 뭐야? 그리고 달별이는 어디 갔어? 안 보이네."

"달별이는…… 달별인 아마 평소대로 학원 갔겠죠."

"소똥보다 못한 것들."

갑자기 바코드 입에서 소똥이 튀어나왔다.

"꽃밭은 말이다. 어느 하나의 꽃만 튀어서는 안 되는 법, 몇 송이만 빛나서도 안 되고, 한 송이 한 송이 어느 것 하나 빛나지 않는 것이 없어야 해. 그 반짝임이 모여 찬란해지는 것이고, 그것이 내가 원하는 꽃밭이다. 그런데 너희는 꽃밭을 만들기도 전에 모두 시들어 버렸어. 난 그런 새끼들 다 필요 없어!"

바코드는 무척 화가 나 있었다.

"이 자리에 있는 너희들은 이미 찬란한 꽃밭이다. 난 너희가 입시나 경쟁에 목매지 않고 좋아하는 것을 하는 사람이 되었으면 좋겠다."

저놈의 비유적 표현은 언제나 사람을 질리게 했다. 무슨 이유에서 우리를 꽃밭이라는지, 정말 혼자만의 착각이다. 솔직히 말하면 운동장에 나온 아이들은 학교가 끝나도 갈 곳이 딱히 없는 아이들이었다. 바코드의 꽃밭에는 아마도 야생화나 잡초만 가득 핀 것 같다.

"이크, 에크!"

바코드의 택견 소리가 우렁차게 울렸다. 우리는 바코드의 구령에 따라 몸동작을 크게 따라 했다. 택견 연습은 해가 산 너머로 붉게 넘어갈 때까지 멈추지 않았다.

1학기 중간고사 마지막 시험이 끝이 났다. 나는 시험을 보는 내내 큰 스트레스를 받지 않았다. 이상하게 공부에 대한 열정이 식어버린 느낌이었다. 꿈이 사라진 탓인지 아니면 엄마 아빠에 대한 항명인지 설명할 수 없었다. 아침에 집에서 나오는 길에 마지막 시험이라고 엄마에게 용돈을 타왔다. 달별이가 읍내에 있는 노래방 예약을 해두었다고 모이라고 했다. 서울에서도 종종 시험이 끝나면 홍대 앞에 놀러 나가 이것저것 먹기도 하고 쇼핑도 했었다. 그러나 여기서 할 수 있는 일이라는 게 고작 노래방이었다. 내가 가고 싶은 곳은 따로 있었다. 요즘 개봉하는 영화가 보고 싶었다. 그러나 영화관까지 가려면 서울로 나가야 하니 애들이 꺼리는 눈치였다. 나는 교실 청소를 끝마치고, 읍내에 있는 노래방으로 갔다.

이미 노래방 안은 광란의 도가니였다. 댄스곡으로 선곡된 노래들이 빵빵 터져 나왔다. 큰 방 안에 아이들이 탬버린을 천장 위로 던지고 이상한 화음을 넣으며 분위기를 달구었다. 달별이가 마이크를 잡고 노래를 불렀으나 아이들의 떼창으로 목소리가 묻혔다. 쿠션은 이미 날아가 바닥에 떨어져 뒹굴었다. 이런 날은 미친 듯이 노는 게 최고다. 그동안 스트레스로 뭉친 응어리들을 다 풀어낼 기회다. 아이들은 방을 뒤엎을 기세인데 난 이상하게 즐겁지 않았다. 시험이 끝나도 갈 곳이 고작 지하 노래방이라는 사실에 맥이 풀렸다. 더구나 싸가지마저 빠진 상황에서 나를 반겨줄 친구는 없었다. 모두 양평 토박이들이 모여

노는 한판이었다. 노래방의 조명이 돌아가고 음악이 흥을 돋우는 자리에서 나는 슬며시 방을 빠져나왔다.

시험이 끝나서 홀가분한 건 불과 며칠뿐이었다. 엄마는 꼬리표가 나왔느냐고 매일 내 뒤를 따라다니며 재촉했다.

"뭐가 궁금해? 나 점수 매겨보지도 않았어."

"너 촌에 있는 애들 우습게 여겼잖아. 거뜬히 1등하고도 남지 그치?"

엄마는 참으로 야무진 꿈을 꾸었다. 그러나 꿈은 엄마만 꾼 건 아니었다. 나 역시 달별이를 제치고 1등을 할 수 있을 것 같다는 막연한 자신감이 있었다. 그러나 외고를 포기한 후 공부에 대한 의지가 사라졌다. 나는 아직도 그날 아빠가 내게 했던 말들이 생생하게 떠올랐다.

'외고는 꿈이 아니야.'

나는 가끔 이 말을 곰곰이 생각해볼 때가 있다. 그 말이 틀린 말은 아니지만 역시 씁쓸한 기분은 어쩔 수 없다.

일주일 뒤 중간고사 꼬리표가 나왔다. 가장 괴로운 순간이었다. 담임이 꼬리표를 나눠주며 성적에 문제가 있는 학생은 수정 처리하러 교무실에 오라고 했다.

"주아령!"

내 이름이 호명되고 담임이 주는 꼬리표를 받았다. 두근거리는 마음이 없다면 거짓말이다. 내 자리로 와서 꼬리표를 힐끗 보았다. 그런데 내 예상과는 다른 점수들이었다. 순간 가슴이 철렁 내려앉았다. 엄마의 폭풍 잔소리가 가장 먼저 떠올랐다. 형편없는 성적이었다. 아무래도 수행평가가 문제였던 것 같다. 이런 꼬리표를 엄마에게 보였다가는 집에서 쫓겨날 수도 있겠다는 생각이 들었다. 학교 아이들을 너무 무시한 결과다. 내가 받은 성적은 5등이었지만 동점자가 3명이나 있었다. 전에 다니던 학교에서조차 이런 성적은 거둔 적이 없었다. 너무 방심했다. 엄마의 잔소리를 들을 생각에 벌써 오금이 저렸다.

'백날 뒷바라지해도 소용없다니까! 그러고도 외고? 외고 좋아하시네. 이런 촌구석에서도 1등도 못 하는데 외고오?'

귀를 막고 머리를 마구 흔들었다. 엄마의 깐죽거리는 얼굴이 아른거렸다.

우린 반 1등은 역시 달별이었다. 다시 생각해보면 나는 최선을 다하지 않았다. 이유를 묻는다면 할 말은 없다. 집요함도 없어졌고 성적에 대한 분노도 일지 않았다. 이상한 일이다. 인생이 점점 해독할 수 없는 복잡한 수리식과 함수 그래프들로 채워진 느낌이다. 하지만 지금 그런 생각을 해봤자 아무 소용이 없다.

"야, 너 왜 그렇게 심각해?"

싸가지가 느닷없이 날 보며 물었다.

"어…… 그냥."

싸가지의 말에 얼버무리며 대꾸했다.

"지나간 시험에 미련 버려! 공부 못하는 것들이 열라 미련 갖더라. 다시 시험 본다고 잘 볼 것도 아니면서."

"그러는 넌 잘 봤니?"

"난 애초부터 시험 같은 건 관심 없어. 그냥 쏘 쿨이야."

싸가지의 얼굴은 뒤끝이 없다. 싸가지의 말간 표정 탓에 위축되는 건 오히려 나였다. 성적 앞에서 의연한 싸가지는 괴물이거나 패배자다. 싸가지의 표정은 해탈한 부처의 모습이다. 성적에서 자유로운 인간은 어떤 뇌 구조를 가진 걸까? 그런 싸가지와는 달리 나는 성적과 분리될 수 없는 영혼을 가졌다.

싸가지는 거울을 꺼내 다시 비비를 얼굴에 발랐고 아이라인을 티 나지 않게 그렸다. 싸가지는 여신이라도 강림한 듯 화장에 몰입했다.

"너도 해줄까?"

"됐어. 아이라인 그린 거 엄마가 알면 내 머리칼 죄다 뜯길걸."

싸가지는 얼굴 화장이 끝나자 매니큐어 리무버를 화장 솜에 묻혀 손톱 위에 문질렀다. 매니큐어를 지우자 오른손 엄지손가락에 검은 반점이 반달처럼 원을 그리고 있었다. 얼핏 싸가지의 손톱이 보였다. 싸가지의 손톱은 오랜 세월 물어뜯은 탓인지 톱니바퀴처럼 울퉁불퉁한 게 보기 흉했다. 내 눈을 의식한 싸가지는 손가락을 바짝 세우며 말했다.

"손톱이 좀 구리지."

"손톱 많이 먹으면 배불러?"

난 웃으며 아무렇지 않게 말했다.

"손톱 뜯지 않으려고 스티커도 붙이고 매니큐어도 발라보는데 잘 안 돼."

"뜯을 때 맛이 어때?"

"고기보다 더 고급스러운 맛."

난 싸가지 말에 담백한 고기 맛이 떠올랐다.

"진짜? 에이, 아무렴, 매니큐어 바르는 이유는 알겠는데 화장 진하게 하는 이유는 아직 이해 안 돼. 가볍게 해도 되잖아."

"화장하면 저승사자가 못 알아본대."

"야! 그런 말이 어딨어? 혹시 너 화장과 손톱 뜯는 거 혹시 버킷리스트 아니지?"

"화장은…… 얼굴을 숨길 수 있어서 하는 거야."

"그건 또 무슨 말이니?"

"아, 짜증, 그냥 그런 게 있어! 뭘 꼬치꼬치 물어?"

"왜 화는 내고 그래?"

"내가 화냈니?"

싸가지는 한숨을 내쉬었다. 싸가지는 벌떡거리는 날생선처럼 종잡을 수 없었다. 쾌활하다가도 갑자기 사소한 것에 화를 내는 등 예상할 수 없었다.

　나는 교복도 벗지 않은 채 종일 누워 멍하니 천장만 바라보았다. 가슴이 답답했다. 차라리 어딘가 아프기라도 하면 이 상황을 모면할 수 있지만 내 몸은 너무 멀쩡하다.
　"성적표 나왔다며? 내놔!"
　칼칼한 목소리가 내 귀를 치고 들어왔다. 엄마가 성적표가 나왔다는 정보를 그새 들은 모양이다. 나는 자리에서 벌떡 일어나 부루퉁하게 말했다.
　"뭐가 그리 급해?"
　엄마의 조급함을 최대한 늦춰야 했다. 엄마는 성적이 나쁘다는 사실을 이미 안다는 듯이 눈에 잔뜩 힘이 들어갔다. 잔소리 폭격을 위한 준비가 됐다는 뜻이다.
　나는 느릿느릿 교복을 갈아입었다. 그사이 엄마가 불쑥 방으로 들어왔다.
　"내놔."
　"나 옷 갈아입잖아."
　"옷은 나중에 갈아입고……."
　"아이씨, 성적표 보나마나야."
　"뭐어?"
　"볼 필요 없다고!"

엄마에게 성적표 대신 입으로 이실직고를 했다. 매도 빨리 맞는 게 낫다. 그 순간 내 귀에 종소리가 댕댕거렸다.

"야아아아!…… 주아령!"

엄마의 목소리가 지붕을 뚫을 것 같았다. 엄마는 날 코너로 몰아세웠다. 엄마의 눈꺼풀이 부르르 떨리더니 이내 날 쏘아보았다. 나도 지지 않고 소리를 질렀다.

"목표를 잃어버렸어. 내가 왜 공부해야 하는지 모르겠다고. 그래서 열심히 안 했어."

난 담담히 말했다. 내 속에 차곡차곡 쌓아두었던 것을 다 뱉은 느낌이다. 이건 진실이다. 엄마는 내 말을 수긍하기 어렵다는 듯 뚫어지게 쳐다보았다.

"긴말 필요 없어. 특별한 재능이나 꿈이 없는 애들은 닥치고 공부야!"

"그건 내가 알아서 할 거야. 엄마가 어떻게 재능이 없다고 단정해?"

"뭐? 내가 널 낳았어! 그 정도도 몰라?"

"엄마가 날 낳은 건 맞지만 엄만 내가 아니야. 내가 날 가장 잘 안다고!"

엄마와 나의 언성은 점점 높아졌다. 날 이 촌구석으로 끌고 온 것도 모자라 이젠 내 가능성까지 무시했다. 엄마 말만 듣는 어린애가 아니라는 걸 이제 알아야 한다.

그때 아빠가 방으로 들어왔다.

"아, 이 사람이 성적이 뭐 대수라고 이 밤중에 소란이야. 아령일 제친 애들이 많다잖아. 앞으로 잘하면 되고, 또 못한들 대수야!"

아빠가 구세주였다. 아빠는 인성이 먼저고 성적은 두 번째였다. 아빠가 내 편을 드는 바람에 그동안 외고 문제로 서운했던 감정이 순식간에 풀어졌다.

"성적이 인생의 승패를 갈라."

"그건 우리 학교 다닐 적 이야기야."

"지금도 유효하거든."

엄마의 분노는 이제 아빠를 향해 이어졌다. 나 때문에 엄마와 아빠의 말싸움이 시작되었지만 잠시 내 성적을 닦달하는 것에서 비켜날 수 있었다.

6월로 접어들자 밭일로 엄마와 아빠의 일손은 더 바빴다. 비닐하우스 고추는 지지대를 설치해 더욱 손이 많이 갔다. 아빠는 화학비료를 주지 않고 깻묵 액비나 생선 액비를 사용했다. 무농약 농사를 야심차게 지었기 때문에 남들보다 일이 더 많았다.

한낮에는 햇빛이 따가워 밭에 나갈 수 없었다. 콩을 심은 이랑은 물론이고 고랑에도 어느새 잡초들로 가득했다. 주말이면 새벽부터 나가 해가 질 때까지 시간을 나눠서 풀을 뽑았다. 저녁 시간에는 모기가 덤비기 때문에 괴롭긴 마찬가지였다.

"그냥 곡식과 잡초를 같이 자라게 하면 안 돼?"

"잡초를 내버려 두고 농사짓는 농부는 본 적이 없어."

"잡초 뽑다 죽을 것 같아."

"그래서 어떤 농부가 이런 말을 하던데. 농사는 인간을 수양하는 거라고. 그 말이 맞네."

"이건 수양이 아니라 고문이야!"

"그래도 어쩌겠니. 맹독제를 사용하면 풀이 자라지 못하지만 땅이 죽잖아. 어쩔 수 없이 검은 비닐을 씌워야겠어. 내친김에 고추밭 이랑에도 비닐을 덮자구."

아빠는 전문 농사꾼처럼 말했다.

"농사가 이렇게 힘든 일인 줄 알았으면 시작하지 말걸."

엄마가 불만스러운 듯 말했다.

담배나방이 날아든 건 여름 초입쯤이었다. 엄마와 아빠는 담배나방을 잡는다고 무척 애를 많이 썼다. 그러나 담배나방의 유충들이 여러 차례 방제 속에서도 없어지지 않았다. 비료를 뿌려도 고추 속에 숨은 녀석을 잡기란 역부족이었다. 하우스에 환풍기도 만들었고 독초 액 주기를 중단하지 않았다. 결국 엄마와 아빠는 무농약 주기를 포기하고 말았다. 담배나방 성충을 유인하기 위해 청색 등을 사용했다. 그리고 햇빛이 없는 날에 연막소독을 했다. 그러나 그것이 화근이었다. 반 이상의 고추들을 따냈음에도 수확할 만한 고추들이 없었다. 엄마와 아빠의 한숨은 깊어갔다.

"감자 줄기까지 검게 변해가고 있어."

엄마가 무거운 목소리로 말했다. 아무래도 병충해인지 감자밭 전체에 퍼지기 시작했다. 차츰차츰 잎이 누렇게 뜨고 말라가기 시작했다. 동네 이장님 말씀으로는 씨감자를 절단하는 과정에서 병균 감염이 있었던 것 같다고 하셨다. 흑갈병일 확률이 높았다. 파프리카, 당귀, 비트, 근대, 상추, 오이들이 모두 흔적도 없이 사라졌다. 그나마 남아 있는 다른 두 동의 비닐하우스는 전염이 되지 않아 안도할 수 있었다.

아빠, 사막을 걷다

8월의 태풍은 불청객이었다. 먹구름이 하늘을 덮고, 비가 세차게 퍼부었다. 미친 듯이 쏟아지는 폭우에 아빠는 마당가에 나가 하늘만 바라보았다.

"비가 심상치 않네. 하우스로 가봐야겠어."

아빠는 우비를 챙겨 입고 장대비가 쏟아지는 마당 사이를 가로질러 대문 밖으로 나갔다. 빗방울이 점점 거세지자 잠시 후 엄마가 우비를 챙겨 입고 아빠의 뒤를 이어 하우스로 향했다. 나는 점점 쏟아지는 폭우에 마음이 심란했다. 이런 큰 비는 처음이라 날씨를 가늠할 수 없었다. 일기 예보로는 호우 경보가 발령되었다. 나는 비닐하우스가 저 비에 견딜 수 있을까, 그리고 텃밭에 심어 놓은 채소들도 걱정이었다. 내 눈으로 봐야 직성이 풀릴 것 같아 장우산을 펴고 집을 나왔다.

나는 비바람을 맞으며 비닐하우스가 있는 곳을 향해 뛰었다. 길은 이미 물웅덩이가 져 발이 푹푹 빠졌다. 빗줄기를 헤치고 한참을 달리자 멀리서 비닐하우스 뼈대가 휘청대는 모습이 보였다. 나는 가슴이 두근거리기 시작했다. 비닐하우스가 곧 뽑혀 나갈 듯했다. 진흙탕을 밟으며 걸음을 재촉했다.

하우스는 난파되어 가는 배처럼 보였다. 아빠는 비닐하우스로 바람이 들어오는 것을 막으려고 온몸을 다해 지지대를 고정했다. 엄마는 이미 진흙 범벅이 되어 바닥에 여러 번 구른 듯 몰골이 엉망이었다. 우지끈, 잠시 후 비바람에 견디지 못하고 골조가 무너지는 소리가 귓전을 파고들었다. 그 소리는 누군가의 아우성처럼 들렸다. 이곳에 자리 잡기 위해 노력했던 시간이 비닐하우스가 넘어가면서 끝나는 것 같았다. 아빠는 하우스가 엿가락처럼 휘어진 모습을 망연히 바라보며 한동안 빗속에 서 있었다. 비닐하우스에 애정을 쏟았던 아빠의 모습이 참담했다. 엄마는 진흙탕에 웅크리고 앉아 찢어진 비닐들을 만지작거렸다. 여전히 진흙 범벅이 된 얼굴 위로 빗물이 흘러내렸다.

"엄마, 괜찮아?"

나는 웅크리고 앉아 일어설 줄 모르는 엄마에게 다가갔다. 엄마의 얼굴에선 눈물인지 빗물인지 모를 축축한 것들이 한없이 흘러내렸다. 멀리서 이장님과 동네 어른들이 어둠을 뚫고

　　　　　　　　　　　　　　　싸가지 생존기

우리 쪽으로 걸어오고 있었다.

"어이 주 씨, 이런 궂은날에 뭐더러 나와. 하우스가 완전히 거덜이 났구먼. 날씨가 농사의 반이라잖아. 궂은날도 하늘의 뜻이거니 받아들이는 것도 농사꾼이 지닐 덕목이여. 그러니 너무 맘 상해하지 말고, 몸이나 추슬러. 농사는 하늘과 같이 짓는다는 말이 있잖혀. 어여 일어나. 날 더 궂어지기 전에 집으로 돌아가자구. 외지인들은 농사가 거저 되는 줄 아는 게 문제여 문제."

"여름 내내 아령 아빠가 구슬땀 흘리며 억척스럽게 일군 건데 어째요. 뙤약볕에 얼음물을 하두 들이켜 매일 설사를 달고 살았네요. 토마토, 상추, 아스파라가스, 피망 어느 것 하나 손 안 간 게 없는데⋯⋯."

엄마는 눈물을 훔치며 말했다.

"농사짓는 일이 수월치 않은겨."

이장님은 엄마를 위로하려고 애썼다. 아빠는 망연자실 그저 쓰러진 비닐하우스를 바라보며 말을 잃어버린 듯 비감했다. 얼마간 농사를 지어보겠다는 아빠의 꿈은 그냥 초보 농사꾼의 허망한 일이 되고 말았다. 그간의 노력이 물거품이 되어버린 건 아닌지 마음이 초조했다.

소규모 농장들은 완벽한 유기농법으로 농사를 지어도 인증을 받기 어려웠다. 엄마와 아빠는 화학제품을 쓰지 않고 유기농 채소들을 키운 자부심이 한순간 태풍으로 무너져 속이 상했다. 농작물은 수확도 못한 채 모두 바닥에 구르고 짓이겨졌다. 풋내기 농사꾼인 엄마와 아빠의 농사 연습치고는 타격이 너무 컸다. 농사를 짓는 것도 일종의 싸움 같았다. 엄마와 아빠는 프로 싸움꾼이 아니었다.

엄마는 흙투성이가 된 바짓가랑이로 쓰러진 비닐하우스를 일으켜 세우려 부단히 애를 썼다.

"그렇게 애쓸 것 없어요. 괜히 몸만 다치지. 나중에 면사무소에서 피해 농가 시찰 나오면 그때 복구인력 받아서 같이 하는 게 나아요."

이장님이 다시 엄마를 다그쳤다. 그날 밤 우리 가족은 아주 긴 순간을 맞이하였다.

다음 날 오후 비구름이 걷히기 시작했다. 덮였던 구름이 걷히자 파란 하늘이 높게 보였다. 아빠는 하루 사이에 얼굴에 주름이 자글자글했다. 엄마는 잠을 설친 탓에 단물 빠진 배처럼 얼굴이 푸석거린 채 부엌에서 쌀을 씻었다. 하늘이 하루 사이에 맑아졌다. 믿기지 않는 날씨였다. 태풍으로 인해 밭고랑이 뭉텅이로 쓸려나갔다. 토마토와 오이 지지대도 모조리 뽑혀 진흙에 곤죽이 되어 바닥에 뒹굴었다.

비닐하우스는 물 폭탄을 맞아 형체를 알 수 없을 정도로 휘어졌다. 텃밭 농사꾼에게 백 평이 넘는 밭고랑을 일으켜 세우는 건 쉬운 일이 아니었다. 그렇다고 엉망이 되어버린 텃밭을 그대로 두고 볼 수는 없었다. 강풍은 이장 댁 하우스도 작살냈다. 모든 농사의 결과물은 하늘의 뜻처럼 보였다. 나는 처음으로 서울에서 사서 먹었던 농산물들이 쉽게 얻어지지 않았다는 걸 알았다. 황금빛 들녘을 기다리는 농부의 심정이 진심으로 이해됐다. 초보 농사꾼 아빠의 호된 신고식이었다.

아빠의 몸무게가 일주일 사이로 3킬로그램이나 빠졌다. 아빠는 밤마다 가위에 눌려 손을 허공에 뻗는 일이 잦았다. 아빠가 몸부림치면 칠수록 건강은 나빠져만 갔다. 그러던 아빠가 기어이 새벽에 고열과 발작을 일으켰다. 아빠는 잠에서 깨어나 몸이 오그라들면서 손을 심하게 떨었다. 아빠의 모습에 놀란 재석이가 소리를 내며 울었다. 나와 엄마는 아빠의 손발을 주무르며 상태가 좋아지길 기다렸다. 그러나 아빠의 몸은 점점 나무토막처럼 뻣뻣하게 굳어갔다.

"엄마, 아빠 죽는 거 아냐? 어떡해! 아빠!"

"아령아, 119 좀 불러. 아무래도 아빠가 심상치 않구나."

나는 서둘러 119에 전화를 걸어 응급 환자 후송 요청을 했다. 어두운 산길이라 119 구급차가 들어오려면 양평읍에서 시간이 한참 걸렸다. 구급차를 기다리는 동안 마음이 타들어가는 것 같았다. 119에 전화한 지 20분이 지날 무렵 구급차가 집 앞에 왔고 아빠는 인근 병원에 실려 가 밤새 링거 주사를 맞고 집으로 돌아왔다. 엄마가 아빠를 부축하고 집 안으로 돌아오자 나는 눈물이 핑 돌았다.

"아빠 괜찮아?"

아빠를 부축한 채 집 안으로 들어온 엄마에게 물었다.

"아빠가 너무 과로해서 그런가 봐. 잠시 쉬면 나아질 거래. 농사일로 몸이 축난 거지 뭐. 여름 내내 일군 작물이 다 저 모양으로 되었으니 아플 만도 하지."

아빠의 구부정한 어깨와 움푹 파인 눈, 부르튼 입술을 보자 가만히 있을 수 없었다. 나는 수건에 물을 적셔 아빠의 입 주변을 닦아냈다. 아빠는 방에 들어가 자리에 누우며 이제 괜찮다는 말을 힘겹게 하며 잠을 청했다. 나는 아빠의 자는 모습을 보며 마음을 조금 놓을 수 있었다. 단 한 번도 아빠가 죽을 수 있다는 생각은 해본 적이 없었다.

방으로 돌아와 죽음에 대해 생각해봤다. 난 죽음을 본 적도 없고 장례식조차 가본 일이 없었다. 어른들은 우리에게 죽음에 대해 단 한 번도 알려주지 않았다. 애들에게도 그냥 하늘나라 갔다고만 하고 아니면 먼 곳에 갔다고만 한다. 나는 아빠가 아픈 이후 가까운 사람이 죽는다는 건 끔찍한 일이라는 것을 조금 알 것 같았다.

미술 시간에 수채화를 그리려고 팔레트에 물감을 짜 넣었다. 그때 싸가지가 웩웩거리며 구역질을 해댔다.

"너 왜 그래, 먹은 거 체한 거야?"

"몰라. 숨이 턱턱 막혀. 그리고 휘발유 냄새를 맡은 것처럼 속이 울렁거려."

"여기에 휘발유가 어딨어? 아마 점심 먹은 거 체했나 보다. 양호실 가봐."

"체했나?"

싸가지는 입을 가리고 슬그머니 교실 뒷문으로 빠져나갔다.

청소를 마친 뒤 교실을 빠져나오자 복도에서 싸가지가 날 기다리고 있었다.

"아직 집에 안 갔니?"

"너 기다렸어. 우리 양평읍에 가서 떡볶이 먹고 갈래?"

"너 체하지 않았어? 근데 매운 떡볶이 괜찮겠어?"

"지금은 괜찮아."

양평 재래시장 쪽에 있는 단골 떡볶이집에 들렀다. 싸가지는 순대와 떡볶이, 만두까지 각각 3인분을 시켰다.

"양이 많지 않니?"

"돈 걱정은 하지 마. 나 돈 많은 건 알지?"

"그건 알지만 남길까 봐 그러지."

"남길 일 없어. 오늘 여기 떡볶이 다 먹을 거야."

잠시 후 주문한 떡볶이와 순대가 나오자 우리는 허겁지겁 먹었다. 싸가지가 의외로 꾸역꾸역 무한정 먹어댔다.

"너 오늘 식욕 좀 당기냐? 볼때기가 터지겠다."

"그러게. 설마 위에 탈이라도 난 건 아니겠지."

"설마."

"아토피 때문에 음식 하두 가려 먹어서 생긴 부작용인가 봐. 요즘은 그냥 닥치는 대로 먹게 돼."

"괜찮겠어?"

"이렇게 먹어대도 뱃속이 텅 빈 것 같아."

싸가지는 텅텅 빈 속을 꾸역꾸역 채워 넣듯 입 안으로 마구 흡입했다.

분식집을 나와 버스 정류장을 걸었다. 갑자기 싸가지는 웩웩거리며 조금 전에 먹었던 분식들을 길바닥에 대고 토해냈다.

"꾸역꾸역 먹어대더니 너 이럴 줄 알았어."

나는 싸가지의 등을 툭툭 두드리며 토하는 것을 도왔다. 싸가지는 얼마간 다 먹은 음식을 게워내더니, 이번에는 현기증을 호소했다. 그러고 보니 싸가지의 얼굴이 하얗게 질려 있었다. 마침 마을로 가는 버스가 도착해 올라탔다. 싸가지는 고개를 버스 창문 밖으로 빼고 늦여름의 선뜩한 바람을 맞았다.

"이제 좀 살 것 같아."

"너 그러지 말고 내일 병원 가봐."

"야, 많이 먹어 토한 걸 가지고 오버 좀 그만해라."

싸가지는 나를 향해 싱긋 웃으며 내 걱정을 잠재웠다.

밤비가 추적추적 내렸다. 며칠 전부터 후텁지근하더니 결국 저녁부터 비가 부슬부슬 내렸다. 엄마는 케이블에서 방송해주는 〈쇼생크 탈출〉이라는 영화를 보며 마늘을 손질하고 있었다.

"저 영화 진짜 너무 자주 해주는 거 아냐?"

"하긴 엄마도 이번에 보면 벌써 네 번째 보는 거야. 근데 볼 때마다 중독성이 있어서 자꾸 보게 돼."

"나도 두 번이나 봤어."

"저 영화 원작이 소설이잖아. 스티븐 킹이라는 작가야. 미국에서 가장 잘나가는 소설가란다."

"진짜? 소설이 원작이었어?"

"영화로 많이 만들어졌다고 하더라. 엄마도 〈미저리〉랑 〈그린 마일〉이라는 영화를 본 적 있는데 상상력이 끝내주더라."

스티븐 킹이라는 생소한 작가의 이름을 엄마의 입에서 듣자 그 점이 더 낯설었다.

"엄마도 작가에 대해 좀 아네?"

"아령이 너 엄마 무시 마라. 엄마가 처음부터 이런 모습인 줄 알지? 엄마도 소녀 시절에 글도 쓰고 음악도 좋아하는 소녀였는데……."

엄마는 말을 흐리면서 쓸쓸한 미소를 지었다. 엄마의 소녀 시대, 갑자기 그 제목으로 이야기를 써도 재미있을 것 같았다.

나는 방에 들어와 휴대폰으로 스티븐 킹에 대해 검색해 보았다. 스티븐 킹은 놀랍게도 500여 편의 작품을 썼다. 참 놀라운 상상력이다. 이 작가의 어린 시절에 대해 읽기도 전에 가슴이 두근거렸다. 스티븐 킹은 두 살 무렵 아버지에게 버림받고 어머니와 둘이 떠돌이 삶을 살았다. 이사를 수없이 다녀 불안정한 생활로 세탁공장 인부와 건물 경비원 등을 하며 글쓰기를 멈추지 않았다. 더구나 교통사고와 알콜 중독이라는 어려움을 극복하며 미국 최고의 베스트셀러 작가가 되었다는 점이 놀라웠다. 스티븐 킹 역시 불완전한 사람이었다. 작가들은 불행한 일들이 자신을 키우는 성장 영양제 같아 보였다. 사람에게 좋은 일들만 일어나야 하는 건 아닌 것 같다. 나쁜 일이 일어나는 것도 작가에게는 글을 써야 하는 이유 같은 게 아닐까?

잠자리에 들기 전 이번 주 절친 탐구 생활을 정리했다.

나의 절친 싸가지는 오늘도 종일 속이 울렁거린다며 화장실을 들락거렸다. 싸가지가 몸이 약한 건지 아니면 외로워서 자주 아픈 건지 모르겠다. 겉으로 보기에는 그다지 힘들어하는 기색이 없었다. 대부분 고아들은 날씨가 화창하면 화창해서 서럽고 비가 오면 비가 와서 슬프다는데⋯⋯ 싸가지가 불안정해 보이는 이유도 그런 걸까? 싸가지의 얼굴에서 무심함이 지워

　　　　　　　　　　　　　　　　　　　　싸가지 생존기

질 수 있으면 좋겠다. 내일은 싸가지를 만나 이야기를 나눠볼까?

"아령아! 아빠한테 전화 좀 해봐. 오늘 밤 돌풍이 분다는데 아빠가 아직 안 오네."

절친 탐구 생활이 끝나기도 전에 엄마가 호출했다.

"작은 학교 살리기 대책회의 하는 거 아냐?"

"그 회의, 어제 했어."

거실에서 은행 껍질을 벗기던 엄마는 아빠의 늦은 귀가에 얼굴에 근심이 가득했다. 아무래도 아침부터 설사에 비척대던 아빠가 마음에 걸린 모양이다. 컴퓨터를 끄고 방에서 나와 현관 신발장으로 다가갔다. 내일도 비가 계속 내린다는 예보가 있어 바닥이 닳은 운동화를 살펴야 했다. 밑창이 닳아 내일 학교 갈 일이 까마득했다. 운동화 사이로 빗물이 들어갈 게 뻔했다. 여긴 운동화 하나도 금방 살 수가 없는 동네다.

"나 운동화 사야 돼. 내일 비 오면 운동화 다 젖어."

"이 밤에 운동화 살 데가 어디 있어? 주말에 미리 말하면 좀 좋아."

"아빠가 운동화 퍽이나 사주겠네! 고모네 애들 거 가져와 신으라고 하겠지. 그래서 말 안 했어."

"하기야 운동화 요즘 싸더라. 내일 시장 나가면 하나 사와야지."

"나도 사고 싶은 운동화 브랜드 있거든!"

그때 엄마의 핸드폰이 울렸다.

"경찰서요?"

엄마는 핸드폰을 귀에 댄 채 분명 경찰서라고 했다. 엄마는 마른 침을 삼키며 무표정하게 상대편의 말을 듣기만 했다. 그리고 '네네'만 하다 전화를 끊었다.

"엄마, 무슨 일이야?"

나는 재촉하듯 물었다.

"아빠가…… 교통사고를 냈단다. 그것도 마을 사람을…….”

나는 교통사고라는 말에 가슴이 철렁했다.

"정말?…… 동네…… 누구?"

"그건 모르겠고 일단 경찰서로 오래. 아빠한테 가봐야겠다.”

나는 경찰서라는 말에 가슴이 두근거렸다. 내가 주춤거리는 사이 엄마가 겉옷을 챙겨 입고 서둘러 나갔다. 팽팽한 긴장감이 내 뒷덜미를 조였다. 무거운 그림자가 걷힌 줄 알았는데 또다시 아빠에게 일이 터지고 말았다. 태풍에 교통사고까지 뭐 하나 제대로 술술 풀리는 게 없었다. 서울에서 양평으로 도망 왔으면 다 잘 풀릴 줄 알았는데……. 나는 손에 들고 있던 운동화를 현관에 다시 내던졌다. 아빠의 건강이 이렇게 우리 가족을 구렁텅이로 몰고 갈 줄은 몰랐다. 건강을 잃으면 모든 걸 다 잃는 것이라는 격언이 틀린 말이 아니었다. 아빠는 도대체 무슨 생각으로 이 산속 마을로 들어온 것일까? 엄마랑 아빠는 안 나가던 교회까지 다니며 최선을 다했다. 누군가 우리 가족에게 회초리를 드는 건 아닐까 하는 별별 생각이 다 들었다.

엄마는 다음날 새벽 첫차를 타고 집으로 돌아왔다. 미닫이문을 열며 거실로 들어선 엄마의 얼굴이 어둡고 무거웠다. 나는 학교 갈 준비를 하려고 막 자리에서 일어났다.

"아빠는?"

"교통사고 가해자라서 당분간 못 나와. 교회 강 권사님도 다쳤구, 더 큰 문제는 윗집 할머니가……."

엄마는 윗집 할머니 이야기를 하며 말끝을 흐렸다.

"윗집 할머니까지?"

"정말 운 나쁘게 돌아가셨어."

사람이 죽었다는 엄마의 말이 믿어지지 않았다. 나는 떨리는 목소리로 재차 물었다.

"어쩌다가?"

"윗마을 혼자 사는 할아버지 알지? 읍내 나가는 길에 병원 모셔다 드리고 오는 중이었대. 날이 워낙 어둡고 비까지 내린 데다…… 할머니랑 권사님은 수요예배 끝나고 집으로 가던 길이었나 봐."

엄마는 내게 설명을 하는 동안에도 눈동자가 심하게 흔들렸다. 윗집 할머니가 죽었다니, 말이 안 된다. 이건 영화에서나 일어날 법한 일이다. 거실 벽에 기댄 엄마는 기어이 누르고 있던 감정을 주체하지 못하고 갈라진 입술 사이로 흐느꼈다. 엄마의 울음소리를 아침부터 듣자 마음이 착잡했다. 아빠가 사람을 치다니 왠지 섬뜩하기까지 했다. 언제나 마음 한쪽에 도사리고 있는 아빠에 대한 불안감이 이번에도 어김없이 이빨을 드러냈다. 윗집 할머니는 어제 아침까지 멀쩡히 우리 집에 들러 밭에서 따온 호박 두 개를 거실에 놓고 가신 분이었다. 더구나 우리집 앞마당에 피어 있는 질경이 꽃을 발견하고는 이런 말씀도 하셨다.

"이게 질경이 꽃 아녀, 이 꽃이 여기에 피워브렇네. 독허니 독허니혀도 야만큼 독헌 놈 없으 꺼이다. 독혀서 약이 안 되는디가 욇어. 생명이 아주 질긴 놈이여 이놈이……."

윗집 할머니는 질경이 꽃을 한참을 들여다보고 가셨다. 그런 할머니가 아빠의 차에 치여 돌아가셨다니……. 강 권사님 역시 교회에서 늘 뵙고 인사를 했던 분이셨는데, 모두들 우리 가족에게 잘해주시던 마음이 따뜻한 분들이었다.

"이제 아빠는 어떻게 되는 거야?"

나는 떨리는 목소리로 나직이 물었다.

"교통사고라도 사람 죽으면 일단 구속이야."

"일부러 그런 거 아니잖아. 근데 구속돼?"

"법이 그렇다니 어쩌니, 이제 하다하다 차로 사람까지 받았

　　　　　　　　　　　　싸가지 생존기

으니 이를 어쩐대니…….”

엄마가 바닥에 누워 이마에 손을 얹고 흐느꼈다. 이러다 아빠가 진짜 살인자가 되는 건지 종잡을 수 없었다. 파란 죄수복을 입은 아빠가 떠올랐다. 아냐, 그럴 리 없어. 나는 머릿속을 돌아다니는 나쁜 생각들을 지워버리고 싶었다.

“내가 미친년이지, 저런 인사를 남편이라고 믿고 이런 산 구석으로 기어들어왔으니. 아이고…… 이제 동네 사람마저 저 지경을 만들어 놨으니 사람들 얼굴을 어찌 봐.”

엄마는 이제 가슴까지 움켜쥐며 중얼거렸다. 지금까지 본 엄마의 모습 중 가장 불쌍한 얼굴이었다. 엄마 말이 틀린 건 아니지만 아빠를 생각하면 캄캄한 땅속에 갇힌 것처럼 가슴이 조여왔다.

“네 아빠 나달거리는 타이어 안 갈더니, 결국 이런 사단이 날 줄 알았어. 타이어 값 아끼려다 초가삼간 다 태우는 꼴 좀 봐라.”

“졸음운전이라며?”

“타이어가 찢어진 거 보면 타이어도 한몫했어.”

엄마는 바짝 마른 입술로 아빠에 대한 원망을 토해냈다. 엄마는 지금 견딜 수 없는 스트레스로 몸부림치는 것 같았다. 이럴 때 엄마가 담배라도 필 줄 안다면 조금은 화가 덜 날 수 있을 거라는 생각이 들었다. 엄마가 아빠를 원망할 건수를 찾은 사람처럼 보여 나도 모르게 소리를 지르고 말았다.

"엄마, 아무리 스노우타이어를 해도 죽을 사람은 죽는다구! 그래도 아빠가 다치지 않은 게 다행이잖아!"

엄마가 아빠를 원망하는 소리가 듣기 싫어 나도 모르게 소리를 질렀다.

"차라리 아빠가 좀 다치는 게 낫지. 이게 너 보통 문젠지 알아!"

"엄만 아빠가 다치기라도 했으면 좋겠다는 거야!"

"누가 그렇대! 너 아니어도 속 시끌시끌하니까 애먹이지 말고 방으로 들어가!"

엄마는 나와 말씨름을 하는 게 피곤하다는 듯이 짜증을 냈다. 나 역시 엄마의 분노 섞인 하소연이 지긋지긋해 내 방으로 들어왔다. 생각해보면 처음 이 동네로 이사 올 때부터 가로등이 없는 게 맘에 걸렸다. 칠흑 같은 어둠이 다시 우리 가족을 벼랑 끝으로 몰았다.

다음 날 엄마와 나는 구치소에 있는 아빠에게 면회를 갔다. 붉은 건물의 구치소 풍경은 낯설었다. 대기실로 들어가 면회 신청을 하고 면회실 밖에서 번호가 불리기를 기다렸다. 순서를 기다리는 동안 엄마는 목이 타는지 가방에서 물병을 꺼내 숨도 쉬지 않고 순식간에 마셨다. 스피커에서 27번이라는 숫자가 귀에 들리자 가슴이 쿵쾅거렸다. 엄마는 무거운 나무 등짐을 진

사람처럼 힘겹게 자리에서 일어섰다. 27번 방으로 들어서자 유리벽을 사이에 두고 수감자 의복을 입은 아빠가 보였다. 아빠의 가슴께로 151이라는 번호표가 있었다. 초췌해진 얼굴은 씹다 뱉은 수제비같이 볼이 움푹 파였다. 마른 어깨뼈가 수의 사이로 도드라졌다. 그런 아빠를 보자 갑자기 슬픔이 몰려왔다. 엄마는 아빠를 보자마자 떨리는 목소리로 소리부터 질렀다.

"내가 뭐라고 했어! 타이어 교체하라고 몇 번이나 말했냐구! 이제 어쩔 거야! 당신 그 고집 때문에 우린 어쩌라는 거야."

엄마는 억눌렀던 분노의 소리를 높였다. 엄마의 그런 태도에 오히려 나는 화가 났다. 7분이라는 면회 시간을 이런 식으로 허비하기에는 시간이 없었다.

"이 사람이 지금 나한테 화내려고 여기 온 거야? 앞으로 당신이 할 일이 태산인데."

아빠는 엄마의 격앙된 모습에도 담담했다.

"지금 울고 있을 때가 아니라고! 아령인 뭐 하러 데려왔어. 곧 나갈텐데······."

아빠는 그 와중에도 내가 신경이 쓰이는 듯 초조한 얼굴빛이었다.

"밖에 날씨는 어떠니? 비는 그쳤니? 참 그 비가 웬수지."

"비는 그쳤어."

아빠는 나와 눈을 맞추지 않은 채 물었다. 아빠의 입술이 허옇게 말라붙어 있었다.

"비 탓은 왜 해? 오지랖은 왜 그리 넓고? 비 오는 날은 더 빨리 날이 저무니까 길을 빨리 나서야 하는 거 아니야?"

엄마가 또다시 아빠에게 말했다.

"언제는 동네 어르신들 잘 모셔야 시골 생활 편하다고 한 사람이 누구야! 이제 와 내 탓을 하는 건 뭐야! 내가 일부러 그런 것도 아니고, 일하다 보니 날 저무는 것도 몰랐다구. 지금 내 속은 까만 가마솥처럼 타는 거 몰라 그래? 아령아, 엄마랑 할 얘기가 있으니 넌 대기실에 가 있을래?"

아빠는 엄마랑 무슨 긴한 이야기를 하려는지 날 면회실에서 내보내려 했다.

나는 면회실을 나오기 전에 아빠에게 한마디를 했다.

"아빠, 그 안은 따뜻해?"

"나쁘진 않아."

아빠는 고개를 끄덕이며 씁쓸하게 웃었다.

27번 면회실을 나오자 잔뜩 힘을 주던 어깨에 힘이 빠지며 눈시울이 뜨거웠다. 아빠 앞에서 간신히 울음을 삼키느라 가슴이 먹먹하기까지 했다. 시원하게 한바탕 울기라도 하면 가슴이 뻥 뚫릴 것 같았지만 울지 않았다.

코끝이 시큰거린 채 구치소 마당으로 나오자 눈이 부실 정도로 햇빛이 강했다. 이런 날은 잿빛 하늘이 어울리는데, 강한 햇빛이 오히려 끔찍하게 지겨웠다. 한동안 아빠의 잔소리는 안 들겠지. 그래도 조금 전 아빠의 모습은 진짜 마음에 들지 않았다. 지난번 태풍에 무너진 비닐하우스처럼 아빠가 무너져가고 있었다.

아빠는 유가족과 합의가 이루어질 때까지 구치소 신세를 면할 수 없었다. 엄마는 밤낮으로 유가족과 보험회사를 번갈아 만나러 다녔다. 더구나 중환자실에 입원 중인 집사님을 위해 매일 호박죽과 잣죽을 끓여 문병을 갔다. 그리고 변호사도 선임했다. 엄마는 변호사 선임비와 합의금을 구하기 위해 고모들과 지인들에게 매일 전화를 걸어 사정을 호소했다. 엄마의 돈 소리에 질려 나중에는 멀미가 나려고 했다. 돈은 쉽게 구해지지 않아 하루하루가 두려웠다. 엄마와 아빠를 보며 저런 구차한 삶을 언제까지 살아야 하나 겁이 덜컥 났다. 하지만 진짜 겁나는 건 아빠가 구치소에서 영원히 나올 수 없는 건 아닌가 하는 두려움이었다. 내가 엄마를 도울 수 있는 일이라는 건 재석이의 밥을 차려주는 일과 세탁기 돌리는 일, 개밥을 챙기는 일 정도였다.

"아령아! 그 소문 진짜니?"
달별이가 아침부터 내게 다가와 호기심 가득한 눈으로 물었다.

"무슨 소문?"

"너희 아빠 뺑소니쳐서 감옥 갔다는 소문……."

"누가 그래? 우리 아빠 뺑소니범이라고! 그 자리에서 구급차를 불렀고 경찰서에도 자진해서 갔거든."

"그럼 왜 감옥에 가? 사람도 죽었다며…… 애들 사이에서 소문이 쫙 돌았어."

"잘못 안 거야. 누가 그런 헛소문을 퍼트려? 누구야?"

"애들이 다 그러던데 뭘."

달별이 말이 너무 어처구니가 없어 그 입을 뭉개고 싶었다. 화가 치밀어 목에서 나오려던 말들이 체한 것처럼 턱턱 막혀왔다. 무슨 말을 해도 변명처럼 들릴 것 같았다. 사고로 인해 사람이 죽었고 아빠가 수감되어 있는 것도 모두 사실이었다. 그러나 확실한 건 아빠는 뺑소니범이 아니라는 사실이다. 정말 재수가 없던 사고였다. 아빠의 사고 소식은 온갖 소문으로 학교를 술렁거리게 했다. 마을 사람이 죽었으니 살인자라는 누명을 뒤집어써도 변명의 여지가 없어 보였다. 내가 사람이라도 잡아먹은 마녀 같았다. 시간을 되돌리고 싶었다. 서울에 있던 그 시간으로. 싸가지 마저 결석하는 바람에 마음 둘 곳이 없었다. 학교 안에서 내가 외톨이라는 걸 실감했다. 이럴 때 내가 투명인간이라면 얼마나 좋을까. 친구라고는 달랑 싸가지뿐인데 어려울 때 힘이 되어 주지 못했다. 세상일이 뜻대로 되는 게 단 한 가지도 없었다. 내 인생이 꽈배기처럼 꼬여버렸다. 중심부에서 한없이 멀어진 느낌이었다.

학교가 끝날 즈음 싸가지에게 문자를 보냈다.

- 너 어디야?

5분도 되지 않아 싸가지의 답장이 왔다.

- 얼굴 뒤집혔어. 당분간 학교 못 갈 거야.

아토피가 또 말썽인 모양이다. 싸가지가 보낸 문자가 마지막 남은 힘까지 빠지게 했다. 모든 일은 꼬리에 꼬리를 물고 한꺼번에 몰려왔다. 머리부터 발끝까지 전기에 감전된 사람처럼 교실에 한동안 앉아 있었다.

교실에서 멍하니 앉아 있던 탓에 집으로 가는 버스를 간발의 차이로 놓쳐버렸다. 버스 뒤꽁무니를 바라보며 야아! 하고 소리를 고래고래 질렀다. 집으로 가는 버스는 이제 두 시간 후에나 온다. 그냥 무작정 걸었다. 두 시간마다 한 번 오는 버스를 놓쳤다는 건 이제 큰 문제도 아니었다.

구불거리는 산길을 한 시간이나 걸었을까. 온통 산으로 둘러싸인 틈으로 하늘이 보였다. 백납색 구름이 둥둥 떠 있었다. 구불거리는 길을 걷다 나는 갈라지는 두 갈래 길 앞에 서 있었다. 그 지점에서 갑자기 집 방향을 잃은 듯 막막했다. 어느 길이 집으로 가는 길인지 모르겠다. 갑자기 겁이 덜컥 났다. 산속은 해가 유난히 빨리 떨어지는데 이러다 깜깜해질 것 같았다. 정신을 바짝 차리자는 마음을 단단히 먹었다. 내 판단은 틀리지 않았다. 오른쪽 길을 걷다 보니 길 끄트머리에 버스 정류장 표지판이 희미하게 보였다. 그 길이 버스 다니는 노선 길이라는 생각이 퍼뜩 떠올랐다. 정류장 표지판이 보이는 곳을 향해 있는 힘껏 달리기 시작했다. 숨을 헐떡거리며 얼마쯤 뛰자 누군가 뒤에서 경적을 요란하게 울렸다.

"이게 누구여, 아령이 아녀!"

뒤를 돌아보자 이장님의 트럭이었다. 이장님은 창밖으로 얼굴을 내밀었다.

"어여 타."

나는 갑자기 나타난 이장 아저씨를 보자 와락 울 것만 같았다. 이장님의 트럭이 날 살렸다. 나는 앞좌석 문을 열고 냉큼 차에 올라탔다.

"네 애비가 너 버스 놓친 거 알면 볼시 와서 태워갔을 틴디, 참……."

이장 아저씨는 아빠의 사고를 안타깝다는 듯이 말했다. 아빠에게 좋은 일은 절대 쉽게 생기지 않았다.

싸가지 생존기

집에 도착한 시간은 어둑어둑한 밤이었다. 집 안에 들어서자 거실 바닥에 옷들이 흩어져 있었고 개수대에는 설거지가 싸여 그릇들이 뒤죽박죽이었다. 집안 꼴이 꼭 내 마음속 같았다. 밀린 집안일을 해야 하는데 몸이 마음처럼 움직이지 않았다. 가방을 거실 바닥에 던져 놓은 채 거실 소파에 벌러덩 누웠다. 거실 벽에 걸린 시계의 초침이 리듬처럼 규칙적으로 울렸다. 천장을 바라보자 가물가물 눈이 스르르 감겼다.

꿈에서 별안간 집이 와르르 무너지기 시작했다. 엄마와 아빠 그리고 재석이는 간신히 집을 나왔다. 엄마는 신발도 못 신은 채 맨발이었다. 간신히 빠져나온 집 앞에 마을 사람들이 우르르 몰려와 우리 가족을 향해 소리를 지르고 돌멩이를 던졌다. 그중에 돌아가신 윗집 할머니와 교회 권사님도 보였다. 그들은 무서운 얼굴로 우리 가족을 노려보았다. 그리고 무너진 집 주변의 돌들을 손에 들고 우리를 향해 일제히 던지기 시작했다. 도망쳐! 아빠는 우리에게 소리를 질렀다. 나는 재석이의 손을 꼭 쥔 채 뛰었다. 그러나 한 발자국도 움직일 수 없었다. 아무리 빠르게 발을 움직여보아도 발은 땅에 붙어 꼼짝을 하지 않았다. 어느새 마을 사람들이 던진 돌팔매질로 얼굴과 몸이 피투성이가 되었다. 나는 두려움과 공포로 엄마 뒤를 쫓아가며 울부짖었다. 마을 사람들은 우리 뒤를 쫓았다. 신발 벗어! 아빠가 다시 소리쳤다. 이대로 있다가는 죽을 것만 같았다. 신발을 땅에 벗은 후에야 우리 가족은 도망칠 수 있었다. 우리는 앞만 보며 한참을 뛰었다. 어느새 기차가 보였다. 잡힐 듯 잡히지 않는 기차의 꽁무니를 헉헉대며 뛰었다. 나는 손을 내밀어 기차의 난간을 잡으려 있는 힘을 다했다.

"누나!"

"자…… 잡아!"

"누나 왜 그래!"

누군가 내 어깨를 흔들어 깨웠다. 눈을 뜨자 거실 등이 보였다. 기차도 마을 사람들도 보이지 않았다. 눈앞에 재석이 얼굴이 희미하게 보였다. 지독한 악몽이었다.

"누나, 배고파."

창밖을 보자 이미 어둠이 내려앉았다. 목 뒤로 식은땀이 흘러 소파를 적셨다. 눈가가 촉촉한 게 꿈을 꾸면서 울었던 게 분명했다. 나는 정신을 겨우 차리고 일어났다.

"엄마는?"

"아직…… 나…… 배고파."

"제발 그만해! 나더러 어쩌라고, 냉장고 뒤져 봐! 넌 꼭 밥을 차려줘야 먹어!"

나도 모르게 재석이에게 화를 내고 말았다. 꿈속이지만 공포에 떨었던 기억이 되살아났다. 온몸에 진짜 돌을 맞은 것처럼 뻣뻣했다. 땀을 흘리며 잔 탓인지 슬슬 추워지기 시작했다.

나는 방으로 들어와 겉옷을 챙겨 입고 엄마에게 전화를 걸었다. 전화벨은 열 번이 넘게 울렸지만 받지 않았다. 엄마가 전화를 받지 않자 불안이 극도로 밀려왔다. 엄마는 아직 양평 쪽으로 넘어오지 않은 모양이다. 누군가 내 몸통을 짓누르는 것 같았다. 무릎이라도 꿇고 기도라도 하면 아빠가 구치소에서 나올 수 있을까. 그동안 교회를 나가긴 했지만 마지못해 형식적으로 나간 게 후회가 되었다. 곰곰이 생각해보니 아빠를 짠돌이라고 비아냥거렸고 외고 준비를 시켜주지 않았다는 이유로 짜증을 자주 부렸다. 더구나 이 동네 어른들이 하나같이 꼰대에다 무식하다고 흉까지 봤다. 이 모든 것이 나로 인해 생긴 것 같아 나는 쪼그려 앉아 무릎을 꿇었다.

"저의 죄를 용서해 주세요. 음…….."

기도는 그 말 외에 딱히 할 말이 없었다. 뭘 용서해 달라고 할까. 아빠는 열심히 산 죄로 병들었고 돈이 없어 이놈의 산 구석에 들어온 죄밖에 없었다. 신이 진짜 세상을 만들었다면 우리 아빠 같이 병든 자를 용서해야만 했다. 나 역시 무슨 죄가 있나 아무리 생각해도 태어난 죄밖에 없는 것 같았다. 세상에는 더 끔찍한 일을 저지르고도 잘 사는 사람들이 많다. 난 기도 대신 우리에게 시련을 주는 이유를 따져 물었다. 신은 대답이 없다. 아무래도 신은 벙어리 같다.

그때 미닫이문이 드르륵 열리는 소리가 들렸다. 방을 부리나

케 나와 보았다. 엄마가 안으로 들어서자마자 다리를 쭉 뻗고 주저앉아 있었다. 엄마를 보자 좀 전의 불안감이 조금 가시는 것 같았다. 그러나 선뜻 엄마에게 어떤 말을 걸기가 두려웠다. 엄마의 웃음기 사라진 얼굴은 딱딱하게 굳어 있었다.

"밥은?"

엄마가 나를 보며 힘없이 물었다.

"아직……."

나는 힘없이 말했다.

"뭐 하고 밥도 안 먹었어? 넌 엄마가 꼭 밥을 차려줘야 먹니? 이놈의 집은 내 손이 아니면 아무것도 할 수 없으니……."

엄마는 불만이 가득한 얼굴로 퉁명스럽게 말했다. 조금 전 내가 재석에게 했던 말이 부메랑처럼 돌아왔다.

엄마는 저녁을 차리기 위해 주방으로 들어갔다. 엄마가 냉장고에서 반찬 통을 꺼내다 말고 갑자기 수도꼭지를 틀었다. 엄마는 그냥 수돗물만 바라보며 서서 아무것도 하지 않았다. 엄마의 어깨가 들썩거리는 걸 보고 그제야 엄마가 울고 있다는 걸 알았다. 엄마에게 뭔가 말을 걸고 싶었으나 선뜻 말이 나오지 않았다. 그보다 엄마의 입에서 불길한 소리가 나올 것 같아 무서웠다. 수도꼭지의 물소리가 멎었다. 엄마는 눈가를 손으로 훔치며 밥솥에서 밥을 펐다. 엄마가 무안할까 봐 반찬 통을 뒤적거렸다.

"재석아! 밥 먹어!"

나는 식탁 의자에 앉으며 재석이를 불렀다. 밥을 먹는 내내 우리는 아무 말도 하지 않았다. 산다는 게 이렇게 무거운 일이었던가.

"이 밥 더 먹어도 돼?"

나는 엄마가 남긴 밥을 더 먹겠다고 마음에도 없는 소리를 했다.

"그래, 알아서 적당히 먹어. 또 배 아프다고 난리 치지 말고."

나는 엄마가 남긴 밥까지 먹어치우며 허겁지겁 먹어댔다. 이상하게 밥을 먹고 먹어도 배가 부르지 않았다. 밥을 씹는 둥 마는 둥 꿀꺽꿀꺽 넘겼다. 세 공기 정도는 너끈히 먹을 수 있을 것 같았다.

저녁을 먹은 후에도 우리 집은 여전히 적막했다. 지금까지 아빠가 없는 집은 상상할 수 없었다. 이 시간이면 아빠는 전기 아끼라는 잔소리를 해대며 엄마와 티격태격할 시간이었다. 아빠의 목소리가 없는 집은 물 밑으로 가라앉은 수중 집 같았다. 우리 집은 아빠가 돌아오지 않는 한 웃음소리가 평생 나지 않을지도 모른다.

- 이슬아. 나 둥지 노래방에 있어. 그리로 와.^^

학교가 끝난 후 나는 집으로 돌아가지 않고 혼자 노래방으로 갔다. 심장이 펌프질하듯 두근거려 종일 어느 것에도 집중할 수 없었다. 스트레스를 풀 매력적인 장소가 도무지 생각이 나지 않았다. 이럴 땐 혼자 소리를 지르며 노래를 부르는 수밖에 없었다. 아이유의 〈마음〉이라는 곡을 선곡해 혼자 불러댔다. 그렇게 세 곡을 부르자 싸가지가 잭을 어깨에 걸고 나타났다.

　"뭐야? 웬 노래방?"

　"그냥 소리 지르고 싶어서……."

　"그래? 그럼 우리 함 몸 좀 풀어볼까?"

　싸가지는 흥겨운 리듬이 있는 곡들을 메들리로 선곡했다. 음악이 나오자 탬버린을 짤짤거리며 흔들었다. 잭의 긴 팔이 싸가지의 허리에 매달려 대롱거리는 모습이 너무 웃겨 깔깔거렸다. 우리는 한목소리로 신나는 노래를 불렀다. 한 시간도 넘게 노래를 부르느라 목이 아플 지경이었다. 노래방 주인아줌마는 학생이라고 서비스를 무한정 넣어주었다. 우린 잠시 사이다를 마시며 목을 축였다.

　"너 문자 받고 앗싸! 했다. 그러지 않아도 나도 심란했거든. 아빠 일은 잘돼가니?"

　"아직……."

　"너희 아빠 진짜 힘드실 거 같아. 너라도 잘해라."

　싸가지는 사이다를 한 모금 입에 넘기며 말했다.

"우리 아빠 운이 되게 없는 사람 같아. 강가에 있는 근사한 별장을 원하는 것도 아니고, 남들처럼 자식들 해외 유학을 보내려는 것도 아닌데……. 그냥 가족끼리 밥 먹고 학교 다니는 평범한 일이 아빠에겐 너무 어려운 일 같아."

"너 아빠 원망하는 거니?"

"원망은 아니고 그냥 운이 없는 게 안타까워."

"근데 난 왜 너희 가족이 부럽냐! 주아령! 너 걱정할 아빠 있다고 지금 자랑하는 거지?"

싸가지는 장난스럽게 말했다.

"자랑?"

"요즘 내 인생도 꼬일 대로 꼬였어. 너 내 얘기 들으면 고민이 작게 느껴질 걸."

"또 무슨 일인데 그래?"

"그런 게 있어."

"네가 부모를 일찍 잃은 건 안타깝지만 좋은 이모도 있고 재산도 있고 남들 못 가진 자유도 있잖아."

"야! 주아령 네가 나에 대해 얼마나 안다고 함부로 말해? 내 고통에 대해 알아? 텅 빈 집이 적응되지 않아 종일 멍 때리며 시간 죽이는 기분. 그것도 힘들면 밖에 뛰쳐나가 화장품 매장을 종일 쏘다녔어. 화장품을 하나둘 사다 보면 마음에 텅 빈 구멍이 채워지더라. 아토피 때문에 화장하면 안 되는데 나도 모르게 중독성이 생겼어. 그런데 이제 짙은 화장도 진절머리 나. 재미없어……. 그 속에서 빠져나오고 싶어.”

싸가지는 말을 하는 내내 아주 진지했다.

“엄마가 죽은 후에도…… 난 변한 게 없었어. 내 이름으로 된 통장과 아파트, 풍족한 용돈, 부족한 게 하나도 없더라. 오히려 예전보다 모든 게 풍족했어. 그런데 마음은 점점 더 텅 빈 것처럼 허전했어. 내 주변을 아무리 둘러봐도 엄마 아빠 두 분 다 없는 사람은 없더라. 가끔 애들은 이런 날 관심 종자라고 놀리기도 하지만 난 신경 안 써.”

나는 싸가지의 말을 들으며 가슴이 답답해 생수병을 들고 벌컥벌컥 들이켰다.

“네가 왜 가족이 없어? 이모도 있잖아.”

“이모랑 사는 것도 만만한 건 아냐. 그동안 사사건건 이모가 태클 거는 통에 가출하고 싶은 적도 많았어. 이모 잔소리는 엄마 죽기 전부터 지치게 했거든.”

“나쁜 상황을 극복한 사람들도 많아.”

“넌 꼭 교과서에 나오는 이야기만 하니? 누가 범생이 아니랄까 봐. 말이 쉽지 실제로 겪으면 죽을 만큼 힘들어.”

“야 윤이슬, 널 희귀동물로 자꾸 몰고 가니까 하는 말이야!”

“난 다른 애들보다 인생의 진행표가 빨라서 그래.”

“그 인생의 진행표를 늦추는 것도 결국 너야.”

싸가지 생존기

"아령아…… 그게…….”

싸가지는 뭔가 할 말이 있는 것처럼 망설였다.

"말해봐. 뭔데?"

"아냐, 노래나 부르자!"

싸가지는 내 말을 무시한 채 갑자기 노래방 리모컨을 눌러 반주에 맞춰 노래에만 열중했다. 내가 모르는 또 다른 비밀이 있는 게 분명했다. 그게 뭔지 꼭 알아내고 싶은데 지금은 내 코가 석자라 그게 쉽지 않았다.

열여섯 버킷리스트

집으로 돌아오는 길에 싸가지가 내게 못한 말들이 뭘까 상상해봤다. 제일 먼저 스친 건 버킷리스트였다. 열여섯에 버킷리스트를 실천하는 애들은 별로 없다. 우리 앞에 거대한 수레바퀴가 굴러오고 있는 것 같았다. 나는 생각할 수 있는 모든 경우의 수를 생각해보았다. 갑자기 별장 오빠가 퍼뜩 떠올랐다. 혹시 싸가지가 선을 넘은 건 아닐까. 혹시 임신? 아냐, 아냐. 싸가지가 그럴 애는 아니다. 엉뚱한 상상들이 머릿속을 날아다녔다. 갑자기 내 몸이 뜨거웠다.

공연히 마음이 산란해 뒷마당으로 나갔다. 아빠가 만들어 놓은 닭장 안에서 큰 닭 세 마리와 병아리 여섯 마리가 배춧잎을 쪼아 먹었다. 나는 노란 병아리가 신기해 닭장 안을 들여다보았다.

"지난밤 비에 한쪽 기둥이 무너져 난리도 아냐. 천장 가운데서 비가 쏟아져서 얘네들 비 좀 맞은 것 같은데 감기 안 걸렸나 몰라."

어느새 등 뒤로 나타난 엄마가 근심 어린 표정으로 말했다.

"아빠가 있었으면 이런 거 다 손질했을 텐데……."

"그럼 감기약 먹이면 안 되나?"

"사람이나 감기약 먹지, 병아리가 사람 먹는 약 먹으면 죽어. 아무래도 닭들이 비에 맞지 않으려면 중고 컨테이너 하나 사서 닭 우리를 만들어줘야 할까 봐. 앞으로 비바람 몰아쳐도 안전하게 말이야."

"우리가 닭을 너무 일찍 사온 것 같아. 닭들이 오자마자 고생이네. 주인 잘못 만난 탓이지 뭐."

"그러게. 여기서 사계절을 겪어보고 키워도 늦지 않은데 좀 성급했어. 농사도 그렇고……."

엄마는 말끝을 흐리며 첫 농사 실패에 대한 교훈을 얻은 듯 씁쓸한 얼굴을 했다.

아빠의 교통사고 수습이 두 달째가 되어간다. 아직 피해자 가족들과 합의가 되지 않아 별 진전이 없었다. 엄마는 고모들에게 돈을 부탁해 합의금을 맞추려고 애를 썼다. 그러나 윗집 할머니의 아들은 그 정도 돈으로는 어렵다고 쉽게 합의를 해주지 않았다. 할머니가 살아계실 때는 얼굴 한번 볼 수 없던 아들이 회사에 휴가까지 내고 아예 집에 눌러앉아 엄마를 매일 괴롭혔다.

엄마는 지금의 상황을 견딜 수 없어 교회 목사님을 찾아가 의논을 드렸다. 목사님은 아빠의 사고가 단순 졸음운전이 아니라, 작은 학교 살리기 운동과 거동이 불편한 마을 어르신들의 일을 도와주다 피로 누적으로 인한 사고로 보았다. 아빠의 과로가 졸음운전을 유발한 것이니 이건 동네 어른들이 나서서 도와야 한다는 목소리를 높여 주셨다.

그날 이후 나는 아빠를 구명하기 위해 동네 주민들에게 연판장을 돌렸다. 일일이 마을 어른들을 찾아다니며 아빠를 구명하는 일에 동참해줄 것을 호소했다. 모두들 내 호소에 귀를 기울였으나 문서에 선뜻 이름을 적는 걸 망설였다. 돌아가신 윗집 할머니 가족과 권사님 가족의 눈치를 보는 듯했다. 그러나 나는 포기하지 않았다. 아빠의 수감 기간을 줄이기 위해서는 동네 주민들의 탄원서가 중요했다.

10월로 접어들자 양평은 은행나무 축제로 한창이었다. 거리에는 은행나무 잎사귀가 황금색으로 변해갔다. 들판에는 허수아비 축제로 다양한 모습의 각설이 허수아비들이 줄지어 서 있었다. 중미산은 단풍이 들어 점점 산 전체가 붉은빛을 띠었다.

아빠는 재판이 끝나지 않아 아직도 구치소 신세를 지고 있었다. 나는 구치소 면회를 가지 않았다. 아빠가 원하지 않았기 때문이다. 마을 이장님과 목사님이 헌신적으로 아빠의 구명에 힘을 쏟았다. 덕분에 마을 분들이 연판장에 힘을 하나둘 보태기 시작했다. 그러는 사이 아빠에 대한 소문도 차츰 가라앉고 있었다.

학교 역시 은행나무 축제 준비로 한창이었다. 바코드는 은행나무 축제 특별 게스트로 초청을 받았다. 그 덕에 우린 3주째 택견 연습에 시달렸다. 바코드의 완벽한 성격은 우리를 고문하기에 충분했다. 택견에 흥이 나 있는 사람은 오로지 바코드 혼자였다. 택견 연습은 진짜 우리에게 무익했다. 바코드는 택견이 사명이고 운명이었다. 그런 택견을 배울 수 있는 기회를 가진 우리 반 아이들은 큰 행운을 누리고 있다고 혼자 착각했다. 우리에겐 밀린 학원숙제와 수행평가들이 매일매일 같은 양으로 주어졌다. 불만이 터져 나올 만한데 아무도 이의제기를 하지 않았다. 이 지역 축제는 오랜 전통이어서 항의할 생각을 하는 게 이상했다. 내겐 몸서리치도록 끔찍한 3주였다. 택견 동작을 질리도록 반복한다는 것은 모두에게 인내심이 필요했다. 싸가지는 그 와중에 땡땡이를 치기도 했다. 나는 이제 잠꼬대를 이크, 에크로 할 정도로 입에 붙어버렸다.

싸가지와 나는 택견 연습이 끝나면 은행을 주웠다. 은행에서는 시큼한 냄새가 코를 찔렀지만 주워오라는 엄마의 명령 때문에 어쩔 수 없이 은행을 주웠다. 은행을 말려 수감되어 있는 아빠에게 주려고 한다는 엄마의 말에 열심히 주웠다. 은행뿐 아니라 산 중턱 잣나무에서 잣을 주워 껍질을 까기도 했다. 엄마는 아빠가 가족을 양평에 끌고 온 것을 미안해할까 봐 열심히 은행과 잣을 줍고 또 주웠다. 집 안은 어느새 은행 냄새 때문에 숨을 쉬기 어려울 정도로 은행이 쌓이고 있었다.

은행나무 축제 날이 되었다. 우리 동네 사람들이 모두 모여 함께 즐기는 지역 축제였다. 축제는 시작되었고, 사회자가 민족 무예 택견을 소개하는 소리가 들렸다.

"택견은 무형 문화재 제76호이면서 유네스코 인류 무형 유산에 등재되어 있습니다. 민족 무예의 한 종류로……."

나는 택견을 소개하는 소리가 들리지 않았다. 싸가지는 공연이 시작되었는데도 얼굴이 보이지 않았다. 나는 왠지 마음이 불안했다. 싸가지는 전화도 문자도 받지 않았다. 예사로운 일이 아니었다. 무슨 일로 감정의 롤러코스터를 타고 있는 것일까.

사회자의 택견 설명이 끝나자 우리는 택견 의상을 입고 주민들 앞에 줄지어 기합 소리를 내며 나왔다. 택견 한 마당이란 공연이 시작되고 신명 나는 타악 소리에 바코드의 몸은 붕 뜬 것 같은 착각을 주었다. 택견의 발질 동작에 사람들의 박수 소리가 쏟아졌고 무예로서 호신술도 보여줬다. 나 역시 발동작

손동작을 하며 이크, 에크! 이크, 에크!를 연발했다. 공연하는 동안 정신과 몸이 하나로 일치되는 느낌을 받았다. 우리 반 아이들의 공연이 끝나고 바코드는 유연한 몸놀림으로 전통 무예의 한 수로 사람들의 눈을 사로잡았다.

"야, 바코드 살아 있네."

달별이가 바코드의 몸동작에 깔깔대며 내게 속삭였다.

"근데 머리가 너무 불안해."

바코드의 머리가 실처럼 하늘로 올라갔다 내려오기를 수없이 반복했다. 바코드는 혼신의 힘을 다해 동작을 해냈다. 이 모습을 본 사람들의 큰 박수가 쏟아졌다. 나는 모여든 사람들 속에서 싸가지의 얼굴을 찾아보았다. 그러나 싸가지의 얼굴은 끝까지 눈에 들어오지 않았다.

싸가지는 축제가 끝난 다음 날부터 학교에 나오지 않았다. 핸드폰도 꺼져 있었다. 한동안 싸가지에 대한 소문이 돌았다. 싸가지를 저수지 부근에서 보았다는 말들이 돌았고 또 임신을 해서 학교에 못 나오는 거라는 말도 떠돌았다. 싸가지의 임신 소문은 하루도 안 돼서 카톡을 통해 학교와 동네로 급속하게 퍼졌다. 소문은 변종 바이러스처럼 온갖 이야기로 떠돌았다. 한밤중에 싸가지와 별장 오빠가 빈집에서 나오는 걸 봤다느니, 영화 촬영소에서 입을 맞추는 걸 보았고 심지어는 모텔에서 나왔다는 얘기까지 진실을 알 수 없는 이야기들이 내 귀를 괴롭혔다. 싸가지를 바라보는 아이들의 눈이 먹잇감을 기다린 사막 여우처럼 빛이 났다.

　나는 그런 말들을 믿지 않았다. 하지만 마음 한구석이 서운했다. 아무리 철없는 사춘기라고 하지만 나에게까지 연락을 안 하는 건 심했다는 생각이 들었다.

　싸가지가 결석한 지 닷새째 되던 날, 나는 부랴부랴 싸가지의 집으로 발길을 향했다. 싸가지의 연락을 기다릴 인내심이 바닥이 난 상태였다.

　버스가 싸가지 집 근처에 섰을 땐 이미 하늘엔 조각달이 걸려 있었다. 바람이 나뭇가지들을 흔들었다. 나무 덤불에서 뭔가 툭 하고 튀어나올 것 같았다. 그만큼 긴장했고 불안했다. 도로 옆 사잇길로 조금 올라가자 나무 울타리 문이 보였다. 2층 싸가지 방 쪽을 올려다보니 불이 꺼져 있었다. 싸가지가 혹시 아토피가 심해 서울 병원으로 간 건 아닐까 염려가 되었다. 나무 대문 앞에서 벨을 누를까 망설였다. 그때 누군가 정원에 나와 있는 기척이 들렸다. 나는 철문 쪽으로 다가가 마당을 들여다보았다. 마당 안에 있는 그네에 사람 그림자가 보였다. 똥머리를 한 뒷모습이 싸가지가 분명했다. 야, 이 싸가지! 하며 나도 모르게 소리를 크게 지를 뻔했다.

　"으 으으 흑……."

　그때 분명 내 귀에 흐느끼는 소리가 들렸다. 그 소리가 나는 곳으로 눈이 돌아갔다. 소리가 나는 곳은 나무 그네 쪽이었다. 싸가지가 이 밤에 울고 있다니 믿을 수 없었다. 무슨 일이 있는 게 분명했다.

"이슬아……."

나는 싸가지의 이름을 불렀다. 싸가지는 미동조차 하지 않고 책을 가슴에 안고 여전히 앞만 바라보았다.

"이슬아……."

나는 다시 한 번 싸가지의 이름을 좀 더 크게 불러보았다.

이번에는 싸가지가 내가 부르는 소리를 들었는지 획 뒤를 돌아보았다.

"너…… 주아령?"

싸가지는 그네에서 일어나 문을 열어주었다. 가까이서 본 싸가지의 눈가는 붉게 충혈되어 있었다. 싸가지와 나는 정원 벤치에 나란히 앉았다.

"너 무슨 일이야?"

"아니야, 그냥."

눈시울이 붉어진 싸가지를 보자 불안했다. 아무 일도 아니라는 말에 더 묻지 않았다.

싸가지는 마당 잔디 위에 돗자리와 작은 텐트를 쳐 두었다. 마치 야영을 온 느낌이었다. 뭔가 질문을 하고 싶었지만 참았다. 지난번처럼 아는 척했다가 무슨 상처를 줄지 모를 일이었다. 싸가지가 먼저 내게 말을 할 때까지 기다리기로 했다. 우리는 노란색 무늬 담요를 깔고 나란히 누웠다. 자정을 넘긴 시간에 이렇게 잔디밭에 둘이 누워 있다는 게 신기했다. 도심에서는 생각하지 못할 일이었다.

"와! 저 별들 좀 봐. 이렇게 많은 별은 처음 봐."

여기 와서 처음으로 하늘을 올려본 것 같았다. 편안한 어둠이 우리를 감쌌고 드넓은 어둠에 붉은 별들이 반짝거렸다. 우중충한 기분이 한결 나아졌다.

"이슬이는 붉은 별을 사랑했다. 붉은 별은 이슬이를 사랑했다. 아령이는 그런 이슬이를 사랑했다. 붉은 별은 이슬이와 아령이의 마음에서 오래도록 반짝거렸다."

별을 올려다보다 떠오르는 말들을 시처럼 읊조려 보았다. 이슬이의 우울한 기분을 날려주고 싶었다. 이슬이는 아무 말도 하지 않았다. 대신 내 귀에 훌쩍거리는 소리가 들렸다.

"울어? 무슨 일이야?"

"이거 봐."

싸가지가 내게 내민 건 다름 아닌 잭이었다. 잭의 팔다리가 찢기고 잘려 솜이 튀어나와 흉하게 보였다. 형체가 훼손되어 어깨에 매달 수도 없었다.

"누가 이런 거야?"

"어제 집으로 돌아오는 길에 내 등에서 떨어졌나 봐. 자전거를 타고 달리느라 길바닥에 떨어진지 몰랐어. 다시 찾으러 갔을 땐 이렇게 되어 있더라. 아마 버스나 트럭이 여러 번 밟고 지나갔나 봐."

"이슬아, 잭 때문에 우는구나. 진짜 속상하겠다."

"어젯밤 내내 울었어. 근데 이런 날이 올 줄 알았어. 잭까지 내 곁을 떠날 날이."

싸가지는 의외로 차분했다. 싸가지는 잭과의 이별을 예감한 사람 같았다.

"사실…… 오늘이 엄마 기일이야."

싸가지의 목소리가 그제야 바르르 흔들렸다. 오늘이 싸가지 엄마가 돌아가신 날이라니 싸가지의 기분을 조금 이해할 것 같았다.

"나 아무래도 저주받은 애가 분명한가 봐."

"그런 말이 어딨어?"

"엄마 장례식 때 사람들이 쑤군대는 소리를 들었어. 엄마랑 아빠 모두 내 팔자가 사나워서 죽은 거래."

"야! 말 같지 않은 소리 하지 마."

"나도 믿기 싫어. 내가…… 내가 암에 걸렸다는 사실을…… 고작 열여섯인데……."

"너…… 그 말 정말이야?"

나는 내 귀를 의심했다. 싸가지가 갑자기 일어나 앉았다.

"너 이거 볼래?"

싸가지는 입고 있던 티셔츠를 위로 말아 올려 자신의 가슴을 보여주었다. 유두 쪽에 짓무른 흔적이 보였다.

"이제 내 차례야."

난 잠시 내 차례라는 말에 머릿속이 하얘졌다. 가슴 언저리가 뜨거웠다.

"너 상상력 한번 풍부하다. 그 머리로 소설을 써라. 딱 보니 넌 지금 그냥 겁먹은 거야."

"······ 너무 무서워."

싸가지는 두려움의 눈빛으로 고개를 숙였다. 난 그제야 싸가지와 이모가 교회에 와서 안수 기도를 받는 이유를 알게 되었다.

"너 진짜 암이야? 검사 받아봤어?"

"검사 받으나마나 증상이 벌써 나왔잖아. 병원 가기 싫어. 검사 받는 것도 싫고."

"요즘 의학이 얼마나 많이 발전한 줄 알아?"

"넌 알지도 못하는 소리 하지 마. 우리 엄마 신약 투약 받고 죽었어. 난 수술도 항암도 받기 싫어!"

"너 마음 약한 소리 하지 마. 우리 이모도 유방암 걸렸는데 수술 받고 지금은 아주 건강해."

"난 아마 죽을 거야."

"우린 모두가 죽어. 아직 암이라는 진단도 없는데 왜 그런 생각을 해. 너 겁쟁이구나."

"네가 무슨 말을 해도 소용없어."

"나도 우리 아빠 때문에 불안하긴 마찬가지야. 아빠도 죽을 고비 넘기고 살지만 너처럼 부정적이진 않아. 언제나 희망적이야. 죽음을 먼저 생각하지 않는다고!"

난 싸가지의 절망적인 태도에 화가 났다. 생각해보면 아빠 때문에 악착같이 공부했던 기억이 있다. 아빠를 보면 왠지 이유 없이 절박함이 생기곤 했다. 곧 죽을 것 같은 아빠가 오뚜기처럼 일어서는 걸 보면서 사람이 쉽게 죽는 게 아니라는 사실을 알았다. 싸가지의 불안함이 내게 전염될 것 같아 더 죽을 맛이었다. 나는 어떤 말이라도 주절거려 이 불안한 감정을 떨치고 싶었다.

"너 신이 그렇게 한가한 줄 알아? 널 뭐에 쓴다고 잡아가. 너 같이 별난 애는 신도 안 잡아가! 귀신이 사람 해치려고 나타나는 줄 아니? 사람들이 귀신을 보고 놀라서 심장마비로 죽는 거야. 저승사자가 네 앞에 나타나면 당장 꺼질래! 하고 발길질 한 방으로 날릴게. 나 택견 잘하는 거 알지?"

나는 불안한 기분을 떨치려고 목소리를 높였다. 말이 없던 싸가지가 갑자기 깔깔거렸다.

"아령아, 택견으로 귀신을 어떻게 날린다는 거야. 진짜 말이 되는 얘기를 해야지."

싸가지는 겁먹은 눈이었지만 웃음은 멈추지 않았다. 싸가지가 웃는 모습을 보자 마음이 조금 놓였다.

"너 그렇게 웃으니까 보기 좋아. 나쁜 생각은 떨쳐버려."

나는 싸가지의 손을 잡으며 말했다. 가녀린 손은 차가웠다.

"부모가 일찍 죽었다고 자식도 일찍 죽는다는 통계는 본 적이 없어."

"아령아, 그래도 나…… 무서워. 지금 생각해보면 난 이기적인 아이였어. 이모들이 엄마 아프니까 속 썩이지 말라고 잔소리할 때도…… 엄마가 시름시름 앓아 누울 때도…… 멀쩡히 학교 다녔고 설마 했어. 그리고 엄마의 죽음이 가까워지자 이모들이 날 필리핀 봉사활동에 보내버렸어."

싸가지가 말을 이어가는 동안 가슴이 먹먹해졌다.

"필리핀에 있을 때…… 엄마한테 전화가 왔어. 엄마는 정말 아무 일도 없는 사람처럼 내 안부에 대해 물었어. 그리고 잘 지내야 돼, 하고 끊었어. 정말 아무 일도 없다는 듯 말야. 봉사활동이 끝난 후 집으로 돌아왔을 때 엄마는…… 없구, 대신 영정 사진만 덩그러니 있더라. 그 순간 엄마를 영원히 볼 수 없다는 걸 알았어. 난…… 난…… 마지막 인사도 못했는데…… 흑…… 흑…… 엄마는 그렇게 말도 없이 혼자 갔어. 아령아, 나…… 엄마…… 보고…… 싶어. 정말…… 한 번만이라도. 마지막 인사도…… 못한 나쁜 딸이야. 흑…… 흑…… 흑."

싸가지는 몸을 웅크리며 끝내 참았던 울음을 터트렸다. 답답하게 짓누르고 있던 울음을 나도 결국 터뜨리고 말았다. 그동안 내게 까칠하게 굴면서도 울음을 참고 참았던 싸가지였다. 싸가지는 그런 애였다. 마치 아기가 된 것처럼 서럽게 울었다.

"바보야…… 마음이 아프면 그냥 엉엉 울어."

나는 안타까운 마음을 속으로 꾹 눌렀다.

"어떤 일을 해도…… 즐겁지 않아. 내가 어떤 상황이라도 넌 내 옆에 있을 거지?"

"누가 너 싸가지 아니랄까 봐 그런 말도 안 되는 말을 하니?"

"뭐? 싸가지?"

"그건 내가 할 소린데? 넌 내 일에 사사건건 끼어드는 싸가지야."

"뭐어? 하하하하. 야, 사실 싸가지라는 말은 강원도 사투리로 싹수가 있다는 뜻이래. 그니까 우린 둘 다 싸가지니까 싹수가 있다는 거야."

우리는 그 대목에서 둘 다 웃고 말았다.

"이슬아, 나랑 병원에 같이 가서 검사 받아보자. 암이 아닐 수도 있잖아. 혼자 끙끙 앓지 말고……."

"생각해볼게."

나는 싸가지의 손을 오랫동안 잡아주었다. 싸가지는 두려움이란 괴물과 싸우고 있었다. 싸가지도 나도 언제나 죽음의 강박에서 벗어날 수 없었다. 아빠가 일찍 죽을까 봐 두렵고 내 미래가 막막해 두렵다. 절대로 아프면 안 되는 아빠였다. 세상에 절대 일어나면 안 되는 일들이 아무렇지 않게 일어났다. 가족 모두가 세상을 떠나고 혼자 남은 싸가지, 만약 암이라면 상상조차 싫다. 지금의 상황만으로도 충분히 견디기 어렵다. 다갈색 눈동자를 가진 미로와 같은 아이라고만 생각했던 싸가지, 오늘은 아슬아슬하지도 불안하지도 않았다. 싸가지에 대해 무장해제가 된 시간이었다. 싸가지를 위로하는 방법을 몰라 그냥 엄마처럼 토닥거렸다.

아빠가 석 달 만에 구치소에서 풀려나와 집으로 돌아왔다. 내가 돌린 연판장 덕에 동네 분들이 마음을 모아주어 극적인 합의가 이루어졌다. 거실로 들어선 아빠의 머리는 눈발을 맞은 사람처럼 희끗희끗했고 꺼진 눈은 더 깊이 꺼졌다. 면도한 지 오래된 턱수염으로 아빠의 맘고생을 알 수 있었다. 핏기 없는 얼굴이 고생을 짐작하게 했다. 아빠는 나와 눈이 마주치자 두 팔을 벌려 나를 안아주었다. 아빠에게 처음 안겨보는 날이다. 아빠의 가슴둘레는 평소보다 훨씬 빈약해진 것 같았다.

"아령아, 아빠가 미안하다."

아빠는 작은 소리로 말했다.

"이거 먹고 제발 앞으로 사고 좀 그만치셔."

엄마는 아빠에게 두부를 건넸다.

엄마는 아빠가 집으로 돌아온 게 싫지 않은 모양이었다. 아빠는 두부 몇 덩어리를 입에 넣고 오물거렸다.

"저 볼멘소리를 들을 생각하니 구치소가 그립네. 한동안 저소리 안 들어 살 것 같더만."

아빠가 중얼거렸다.

"아이고, 그건 내가 할 소리네."

엄마도 맞받아치며 빙그레 웃었다. 아빠는 침울함을 덜어내려는 듯 긴 한숨을 내쉬더니 집 안을 찬찬히 둘러보았다. 나는 아빠를 바라보며 우리 집의 악몽이 여기서 끝났으면 했다.

내 방으로 들어가 컴퓨터를 켜고 미리 다운받아 둔 〈팀 버튼의 크리스마스 악몽〉을 틀어 놓았다. 어릴 때 보던 기억이 떠올랐다. 앙상한 나무밖에 없는 할로윈 마을, 사람들이 행복한 크리스마스 마을, 공허한 잭, 팀 버튼의 인물들이 살아 움직였다. 기괴한 스토리와 화려한 색감이 영화를 보는 내내 눈을 못떼게 했다. 싸가지가 왜 팀 버튼 영화만 보며 시간을 보냈는지 조금 알 것 같았다. 영화 속 산타를 우리 집으로 데려오고 싶었다. 아빠가 다시 예전처럼 짠돌이 잔소리꾼으로 돌아온다고 해도 불평을 하지 않을 것 같았다.

중미산 붉은 별

아빠는 집으로 돌아온 후 한동안 화장실에 자주 들락거렸다. 교통사고 후유증은 피해자만 있는 게 아니었다. 아빠는 집에 돌아오자마자 윗집 할머니가 계신 납골당부터 찾았고 죄책감에 시달렸다. 엄마는 그런 아빠의 속을 달래기 위해 참마 죽을 끓였다.

"참마가 독성이 없어 설사를 멎게 한다네. 당신 내가 타이어 때문이라고 몰아붙였던 거 미안해. 몸도 성치 않은 사람이 마을 사람들과 친해지려고, 당신도 애 많이 썼어."

엄마가 부엌에서 내내 흰쌀을 저어가며 말했다.

아빠는 엄마의 그런 사과가 싫지 않은 내색이었다. 농사를 망치고, 아빠가 교통사고로 구치소를 간 사건이 오히려 엄마와 아빠를 하나로 묶어주었다. 싸가지가 부럽다고 했던 말이 이런 의미 아니었을까. 엄마는 아빠를 위해 민들레와 솔잎으로 효소까지 만들어두었다. 아빠는 엄마의 정성 탓인지 설사도 멈췄고, 얼굴 혈색도 조금씩 밝아졌다.

엄마는 아빠의 병세가 호전되자 작은 항아리들을 사들였다. 큼지막한 함지박과 소쿠리들에는 산에서 따낸 약초들이 가득 담겼다. 비단풀에 달맞이꽃까지 뜯어와 효소를 만드는 데 재미를 붙였다. 엄마는 부지런히 손을 놀려 채반에 약초들을 씻어 건지며 말했다.

"사는 게 별거야. 건강하면 됐지. 이런 약초들도 산이 있으니까 쉽게 구할 수 있고…… 도시 생활이 아무리 편하고 좋다고 해도 이런 재미는 없거든."

"그래서 알음알음 사람들이 귀농하는 거야. 당신도 이젠 촌구석에 끌고 와 고생시킨다는 말 못할 걸."

아빠는 밀짚모자를 눌러 쓰고 마당에 웃자란 풀을 낫으로 베며 대꾸했다.

"그러게, 한 해 한 해 시골 생활에 적응해 가다 보면 우리도 진짜 농부가 되겠지. 내년 봄이 빨리 왔으면 좋겠어. 내년에는 산에서 봄나물을 캘 수 있을 거 아냐. 올해 담근 효소들도 맛볼 수 있구. 힘든 일 겪고 나니까 이제야 이곳 생활에 조금 적응한 것 같아."

"당신, 힘들었는데 잘 견뎌줘서 고맙네."

"그래, 당신 덕에 아주 혹독한 농촌 초보 신고식 했네."

"미안하면 빨리 몸이나 추슬러. 그게 나 위해주는 거야."

엄마는 산야초 항아리에 설탕을 부으며 아빠에 대한 마음을 전했다. 엄마가 아빠가 없는 사이 빈자리를 크게 느낀 것 같았다.

점심시간에 싸가지와 운동장 둘레 길을 나란히 걸었다. 날씨가 걷기에 적당한 햇살과 온도였다.

"너 괜찮아?"

"견딜 만해."

"오빠한테 네 병에 대해 알렸니?"

"말 안 했어. 오빠 유학 가는데 신경 쓰게 하고 싶지 않아. 내 버킷리스트의 한 장을 채웠잖아. 그거면 됐어."

"왜 네 병에 대해서 말 안 해?"

"오빠뿐만 아니라 우리 반 애들한테도 비밀이야."

"왜 그래야 돼?"

"난 엄마도 아빠도 다 암으로 죽었잖아. 근데 나까지 암에 걸렸다고 하면 사람들이 뭐라고 할까? 날 불쌍하게 보는 것도 싫고 우리 집 유전자에 대해 말이 도는 것도 싫어. 차라리 암이 아니라 다른 문제라면 얼마든지 말할 수 있어. 그러니까 너도 내 병에 대해 아무 말 말아줘."

"이슬아, 지금 그런 건 안 중요해. 제발 병원 가자."

"난 이대로 자연스럽게 죽을 거야. 항암치료 받는 엄마가 얼마나 힘들었는지 봤거든. 난 남은 시간에 하고 싶은 일 실컷 하고 편하게 죽을 거야."

"네가 의사니? 어떻게 암이라고 확신해? 의사들도 오진하는 판에."

"내가 알아. 엄마를 똑똑히 봤으니까. 다시 반복하고 싶지 않아."

"넌 이제 겨우 열여섯이야."

"그만! 넌 어차피 날 알 수 없어."

싸가지의 고집은 바위처럼 딱딱해 부술 수 없어 보였다. 싸가지의 두려움은 절대 꺼지지 않는 불길처럼 살아 움직였다. 그 불길을 끌 방법이 뭘까? 하는 물음표가 머릿속을 돌아다녔다. 그 물음표를 따라가다 보면 마침표가 생길 수 있을 것 같았다. 싸가지가 병원만 갈 수 있다면 뭐든 할 수 있을 것 같았다. 나는 싸가지를 보다가 답답해 하늘을 올려다보았다. 햇빛이 아주 따갑게 내 눈을 쏘아댔다.

싸가지가 또 며칠째 학교에 나오지 않았다. 바코드의 호출은 종례가 끝난 뒤였다. 바코드가 날 부른 이유는 싸가지의 임신 소문과 결석 문제였다. 바코드는 임신이 사실이라면 학교에 나올 수 없을 거라고 했다. 바코드의 질문에 마땅한 대답을 할 수 없었다. 마치 눅진한 이불을 덮고 있는 것 같은 아주 찝찝한 기분이었다. 만약 싸가지의 임신이 사실이라도 수업 박탈은 말이 안 된다는 생각이 들었다. 나는 연신 손가락을 꼼지락거리며 싸가지의 진실을 밝혀야 할지 고민을 했다. 금방이라도 싸가지에 대한 이야기가 입에서 튀어나올 것 같았다. 하지만 이내 싸가지가 비밀로 해 달라는 말이 귓전에 뱅뱅 맴돌았다. 사람이 늘 보이는 쪽만 보는 게 얼마나 위험한 일인지 알았다. 동전에 보이는 앞면이 있다면 보이지 않는 뒷면이 있고 상하좌우도 있었다.

3층 교실로 막 들어서려는데 달별이 주변으로 아이들이 모여 쑥덕대고 있었다. 그들의 모습에서 역한 냄새가 나는 듯했다. 내가 알고 있는 싸가지에 대해 어디서부터 이야기를 꺼내야 할지 난감했다. 그 사람에 대해 알고 있으면서 그 비밀을 말하지 못하는 것 역시 굉장한 고통이었다. 전학 온 내게 내린 형벌 같은 거라면 이 혼란스러움을 견뎌야 하겠지. 나는 내 몸에 안테나를 달아 놓은 것처럼 수신이 되는 신호들을 감지해야 했다. 나는 달별이와 윤주 앞으로 다가갔다.

"너희가 담임한테 찔렀냐?"

"뭐…… 뭘 찔렀다는 거야. 바코드는 귀 없니? 너 이상하다.

이슬이랑 친한 건 좋은데, 그렇다고 엉뚱한 추리는 그만해라!"

달별이랑 윤주는 눈 하나 깜짝하지 않았다. 나는 윤주에게 다가가 가만히 귀에 대고 작은 소리로 속삭였다.

"너희 자중자애해라. 지난번 싸가지 인형 숨긴 것도 너희 짓이라는 걸 다 알거든. 화장실에서 연기 피우는 것도 내 눈으로 봤고, 이런 거 저런 거 다 모아 담임 한번 찾아갈까? 벌점 먹고 토해볼래?"

나는 목소리 톤을 낮춰 말했다.

"야! 니가 이슬이 지킴이라도 돼! 왜 맨날 이슬이 문제에 니가 참견하고 지랄이야!"

달별이는 날 향해 벌처럼 쏘아댔다.

"너 나랑 한판 붙고 싶구나? 그게 아니면 입 좀 다물어줄래."

난 격한 감정을 애써 누르며 말했다. 윤주가 분위기를 파악했는지 달별이의 팔을 잡아끌고 교실 밖으로 나갔다. 모두 양의 탈을 쓴 늑대처럼 보였다. 저런 애들과 함께 수업을 듣고 밥을 먹는다는 게 답답했다. 단순하게 겉모습만 보고 판단하는 아메바 같은 애들이다.

바코드는 운동장 한 귀퉁이에서 여전히 택견에 몰입하고 있었다. 나는 바코드에게 조심스럽게 다가갔다.

"선생님, 드릴 말씀이 있어요."

바코드는 나를 보고도 여전히 택견 동작을 멈추지 않았다.

"말해보렴."

"이슬이에게 말 못할 사정이 있어요. 그 애가 입을 열 때까지 조금만 기다려주세요."

"오늘 그 문제로 통화했는데 통 말을 안 하더라. 무슨 말이라도 해야 내가 도와줄 수 있을 텐데?"

"선생님, 잠시 기다려주세요. 이슬이가 직접 말할 수 있을 때까지요."

"난 인내심이 많지 않아. 그리고 학교 규율이란 건 인내심으로 할 수 있는 것도 아니고. 네가 이슬이랑 친하다는 건 알지만 친구가 바른길을 갈 수 있도록 안내하는 것도 친구를 돕는 길이지."

담임은 이슬이가 진짜 임신한 것으로 믿고 있는 것 같았다. 이대로 가만있을 수 없었다.

"이슬이…… 걔 진짜 힘든 애예요."

"힘든 애니까 그동안 맘대로 해도 봐준거야. 사정은 딱하지만 임신이 잘한 일은 아니잖니?"

바코드는 택견 동작을 쉬지 않고 움직이며 말했다. 나는 한동안 아무 말 없이 바코드의 동작을 무미건조하게 바라보았다. 시간이 흐를수록 바코드의 몸짓은 요란했다. 택견 동작을 보면서 이상한 모멸감이 얼굴로 올라왔다. 뭔가 알 수 없는 벽이 가로막힌 듯했다.

　　　　　　　　　　　　　　　　　　　싸가지 생존기

"선생님은 이슬이를…… 비난만 했지 어떤 앤지 알려고 한 적 없죠? 그냥 화장하고 인형 좋아하고 남자 좋아하는 그런 애로만 알죠? 그 애가 왜 그러는 건지…… 선생님은 관심 없잖아요!"

나는 묻지도 않은 말을 정신없이 쏟아내고 말았다.

"너무 섭섭하게 생각하지 말고 돌아가렴. 네가 할 수 있는 일은 진실을 빨리 밝히는 거야. 무단결석에 임신 소문까지 어느 하나도 봐줄 만한 게 없잖아."

바코드는 잠시 동작을 멈추고 나를 바라보더니 다시 손동작을 이어 나갔다. 나는 한동안 멍하니 바코드를 바라보다 얼쑤 하는 소리를 뒤로하며 운동장을 걸어 교문을 빠져나왔다. 운동장을 가로지르면서 소리를 마구 질러대고 싶은 걸 눌렀다. 오늘 나는 바코드란 인간에 대해 알게 된 것 같았다. 진짜 얼굴이 어떤 얼굴인지 민낯을 본 것 같아 기분이 더러웠다.

바코드는 최소한 자신에게 맡겨진 일은 잘하는지 모르지만 절대로 자신이 말하는 우주인은 아니다. 우주인이라면 싸가지의 진실을 모를 수 없다.

선생님이라면 제자에게 무슨 일이 있어도 중학교 졸업장을 받을 수 있도록 최선을 다해야 한다. 바코드는 땅속에 사는 두더지와 같다. 가끔 어른들은 아이들이 하는 모든 일을 다 안다고 착각을 한다.

'마음이 고장 난 시계처럼 오전 9시에 맞춰놔도 언제나 시곗

바늘이 12시로 가.'

언젠가 싸가지가 내게 했던 말이다. 오늘 내 마음이 고장 난 시곗바늘처럼 마음대로 움직인다.

"너 뭐 하는 애야!"

나는 바코드의 말에 화가 나 그 길로 싸가지의 집으로 무작정 갔다. 마침 싸가지가 정원 그네에 앉아 멍하니 밖을 바라보고 있었다.

"담임한테 솔직하게 말도 안 하고 이대로 죽을 거야?"

"솔직히 말해서 나…… 무서워."

"너 당장 병원 중환자실 한번 가봐. 하루만 더 살았으면 하는 사람들 천지야! 넌 사람 목숨이 몇 개나 되는 사람 같아!"

"아령아…… 너 화났니?"

"지금 화 안 나게 생겼니? 학교 애들은 너 임신이라고 야단법석이야. 담임은 네 임신이 사실인 것처럼 생각하고 있어! 왜 그래야 해!"

"그냥 모든 게 두려워."

"아직 아무것도 결정된 건 없어. 네가 암인지 아닌지 그것조차 모른다고! 넌 생각보다 강한 애야. 네가 약하다고 생각하지 마. 넌 아빠의 죽음을 봤고 또 엄마의 죽음을 경험했어. 그분들을 생각해봐. 네가 겁쟁이처럼 병원도 안 가고 벌벌 떨고 있다는 걸 안다면 하늘에서도 편하지 않을 거야. 네가 엄마와 아빠를 사랑한다면 네 생명을 그렇게 쉽게 포기하면 안 돼."

"내 운명은 처음부터 정해진 거 아닐까?"

"이슬아, 내 말 들어봐. 겉으로 드러난 증상만 갖고 겁낼 필요 없어. 인터넷 찾아보니까 유방암이 너와 비슷한 증상만 있는 게 아니더라. 설령 진짜 암이라고 해도 막연한 두려움에서는 벗어나잖아. 죽더라도 알고 죽으라고!"

"…… 그렇지만 내가 진짜 암이라면 견딜 수 있을까?"

"넌 견뎌야 할 이유가 아주 많은 애야."

"…… 나도 부모 따라가면 편할 것 같아."

"너 진짜 이기적인 애구나! 니 눈엔 죽은 사람만 보이니? 난…… 너한테 유령이라도 되니? 너 진짜 그런 거야? 너희 이모는 무슨 죄구?"

"아령아……."

"나…… 너…… 잃고 싶지 않아. 내가 이 구석에 와서 마음 준 애는…… 너뿐이야. 그러니까…… 부탁이야. 날 위해서라도 단 한 번만 병원에 가봐."

"아령아……."

유난히 불쾌지수가 높은 날이었다. 집에 있는 게 너무 답답해 읍내로 나갔다. 읍내에 있는 카페에서 얼음을 가득 채운 아이스티를 마시며 거리를 걸었다. 들꽃 책방이라는 작은 서점이 보였다. 얼마 전까지 없던 서점이었다. 들꽃 책방이란 상호가 마음에 들었다. 상호처럼 들꽃이 심긴 화분들이 서점 입구에 나란히 놓여 가을 햇살을 받고 있었다.

다섯 평 정도 되는 서점은 책을 읽을 수 있도록 큰 책상을 가운데 두었다. 서점 안으로 들어서자 주인으로 보이는 여자가 혼자 앉아 밖을 바라보았다.

"구경해도 되죠?"

주인은 빙그레 웃으며 한가운데 놓인 테이블 위에 글귀를 보라고 했다.

'편안하게 책을 읽어주시면 감사하겠습니다.'

사각 테이블 위에 이런 글귀가 있었다. 대형서점이 아니라 눈치를 보는 손님들을 위해 적어둔 배려였다. 이 글귀 때문에 한결 마음이 편했다.

매대 위에 놓인 신간을 살펴보다가 프리다 칼로라는 제목이 보였다. 붉은 옷을 입은 일자 눈썹의 여인이 너무 강렬해 나도 모르게 손이 갔다. 책은 순식간에 술술 넘어갔다.

프리다 칼로가 그린 그림들이 글 사이사이 사진으로 삽입되어 내 눈을 사로잡았다. 프리다 칼로도 교통사고로 움직일 수

　　　　　　　　　　　　　　　싸가지 생존기

없는 육체적 고통을 10대 때부터 이겨내고 멕시코 최고의 화가가 되었다. 인생이 곧 그림이었다. 싸가지의 롤 모델이 되기에 충분했다.

나는 책을 훑어본 후 가방에서 펜을 꺼내 책 안쪽 페이지에 글을 썼다.

'두려움을 이기는 사람이 되는 걸 꼭 지켜볼게.'

책을 덮은 후 자리에서 일어나자 주인 여자는 내게 다가왔다.

"책을 아주 좋아하나 봐?"

"네. 좋아해요."

"나도 어릴 때 책을 너무 좋아했는데 학생을 보니까 꼭 날 보는 것 같네."

"근데 궁금한 게 하나 있어요. 사실 책 읽는 애들도 없고, 그나마 인터넷 서점을 이용하잖아요. 근데 왜 서점을 내셨어요?"

"맞아. 사실 요즘 애들 책 안 읽지. 사실 난 어릴 때부터 서점을 내보는 게 꿈이었어. 그런데 결혼하고 아이 낳고 사니까 허전한 거야. 서점 내고 싶다는 사실은 변함이 없는데 말야. 그래서 생각을 바꿨어. 돈 벌려고 하니까 서점을 못 냈던 거야. 그래서 망할 준비를 하고 이 서점을 열었어. 딱 3년간 내가 원하는 거 해보고 접자. 생각하고 용기를 냈어. 난 월세 정도만 나

오면 땡큐야."

"와, 대단하세요. 망할 준비하고 꿈을 이뤘네요."

"돈은 잃어도, 해보고 싶은 건 해본 거니까 망한 건 아니지. 여행을 좋아하는 사람도 여러 나라를 여행하면 돈이 들잖아. 명품 좋아하는 사람도 물건 몇 개 구입하면 큰돈 들고. 내가 좋아하는 것에 돈을 쓴 거니까 억울하진 않아."

서점 주인의 말을 듣다 보니 생각의 차이가 얼마나 다른 세계를 보여주는지 알 것 같았다. '서점이 망한 것이 아니라 내가 하고 싶은 걸 마음껏 하고 문을 닫았다'가 되는 셈이었다. 책방을 나오며 다시 한 번 주인 여자의 얼굴을 보았다. 꿈을 이룬 사람의 얼굴을 똑똑히 머릿속에 넣어두고 싶었다.

"우와아아!"

싸가지가 교실에 들어서자 아이들이 소리를 질렀다. 싸가지의 똥머리가 칼 단발로 바뀌어 있었다. 그 모습에 놀라지 않을 수 없었다. 머리를 잘랐다는 건 싸가지 마음에 변화가 왔다는 신호였다. 머리를 자르니까 홀가분하다는 표정이었다. 결의에 찬 표정이 정면 승부하겠다는 의지처럼 보였다.

"결심했니?"

"칼집에서 겨우 칼을 꺼냈어."

"그럼 휘둘러야겠네."

"네 말이 옳았어. 죽더라도 이유는 알아야겠지."

"오우! 멋지다 싸가지! 그 투지가 하늘을 찌르겠는데. 이러다 오존층까지 뚫는 거 아냐!"

"너 나한테 날개 좀 달아줘라!"

"이거 날개야!"

나는 가방에서 프리다 칼로의 책을 내밀었다.

"나 주려고 가져온 거야?"

"이거 읽고 훨훨 날아올라."

책을 받아 든 싸가지의 눈빛이 잠시 흔들렸다. 이내 눈물이 후드득 떨어질 것 같았다. 나는 양손을 날갯짓하며 푸드덕거리는 시늉을 했다. 다행히 싸가지는 살짝 웃음을 보였다.

싸가지는 조회가 끝난 후 교무실로 갔다. 지금까지 있었던 일들을 담임에게 이야기하고 조퇴를 했다. 싸가지가 병원에 간다는 사실을 짐작할 수 있었다.

싸가지의 집을 찾은 건 저녁이었다. 나는 종일 학교에서 싸가지의 검사 결과 때문에 긴장을 한 상태였다.

- 결과 나왔어. 집으로 와 줄래? 이모는 집에 없어. 그냥 2층으로 와.

싸가지의 문자가 오후 늦게 왔다. 나는 서둘러 싸가지의 집으로 달려갔다. 나는 싸가지의 집 앞에 서서 심호흡을 했다. 마침 정원 쪽으로 난 문이 열려 있었다. 나는 현관문을 열고 단숨에 2층으로 올라갔다. 방문을 열고 들어서자 싸가지는 대수롭지 않게 침대에 누워 눈을 감고 있었다. 나는 조심스럽게 싸가지의 옆으로 다가갔다.

"왔니?"

싸가지가 눈을 뜨며 말했다. 나는 먼저 싸가지의 기분을 살폈다. 싸가지는 입술을 잘근잘근 씹으며 표정에 변화가 없었다. 그런 싸가지의 모습에 가슴이 조마조마했다.

"너…… 괜찮아?"

난 기어들어가는 목소리로 물었다.

"…… 아니."

"그럼…… 암인 거 맞는 거야?"

"어."

"…… 진짜?"

"아령아, 난 네가 진짜 짜증나!"

"왜에?"

"넌…… 나보다 백배나 용기 있어!"

"무슨…… 소리야!"

"무슨 소린, 나…… 암이 아니래!"

싸가지는 조금 상기된 목소리로 벌떡 일어나 소리를 질렀다.

"아! 진짜! 진짜지!"

나는 암이 아니라는 말에 그 자리에서 싸가지의 몸을 얼싸안았다. 로또라도 당첨된 사람처럼 들뜬 기분이었다. 싸가지도 나를 보며 약간의 미소를 지었다.

"초음파 검사를 하는 동안 너무 무서워 속이 까맣게 타버린 것 같아. 검사를 받는 내내 너만 생각했어. 의사 쌤이 암이 아니라 유선종이라는 말을 하자마자 나 울었잖아."

"거봐. 괜히 겁먹은 거야."

"섬유종이 가슴에 생긴 거래. 방학 때 수술하면 된대. 근데 암이 아닌데 이상하게 마음이 허전해."

"혹시 드라마 주인공으로 널 생각한 거 아니니? 근데 주인공이 아니라서 허탈한 거지?"

"야! 너 지금 나 놀리는 거지?"

"넌 빨간 머리 앤보다 훨씬 좋은 조건이야. 친척 집 애 보는 일로 어디 가지도 않았고, 고아원으로 보내지지도 않았어. 더구나 주근깨도 없고……. 단지 공상이 좀 지나쳤지."

싸가지는 웃으며 눈을 살짝 흘겼다.

"빨간 머리 앤? 너 말 한번 잘한다."

싸가지는 어이가 없는지 깔깔대며 웃었다.

"오늘 병원 검사 결과 보고 내 생각에 문제가 있다는 걸 알았어."

"내가 예전에 어떤 책에서 봤는데 사람의 머릿속은 동굴이래. 깜깜한 동굴. 그래서 어두운 곳에서 동굴 밖의 세상을 각자 상상하는 거지."

"난 아직 원시인인가 봐. 깜깜한 동굴 속에서 내 맘대로 생각하는…… 오늘 밤이 아주 길 것 같아."

"오늘은 그냥 아무 생각하지 말고 푹 자."

싸가지는 꿈에서 막 깨어난 사람처럼 보였다. 싸가지를 짓눌렀던 두려움이라는 불길도 곧 잡힐 것 같다.

산속 늦가을은 엄마, 아빠의 손을 분주하게 만들었다. 밤도 따고 은행도 털고 도토리도 줍느라 다들 정신이 없었다. 나는 주말이면 밤 껍질을 벗기느라 손에 가시가 박히기 일쑤였다. 은행에서 나는 고약한 냄새 때문에 코를 막고 지내야 했다. 우리 집 마당에도 채소와 나물들이 돗자리마다 널려 있었다. 첫 겨울나기는 이렇게 분주했다. 날씨에 따라 내일을 준비하는 일들이 달라졌다.

아빠가 애를 썼던 '작은 학교 살리기'는 결국 내년 입학생이 열 명도 안 되는 바람에 문호리로 편입이 되기로 최종 확정이 났다. 아빠는 작은 학교를 살리지 못한 탓을 교통사고 때문이라고 자책했다.

"내가 구치소에만 가 있지 않았어도 학교가 통폐합되지는 않았을 텐데…….”

“할 수 없잖아. 애들을 어디서 데려올 수도 없고, 당신은 최선을 다한 거야.”

“아빠, 난 괜찮아요. 문호리에 가면 제 또래들이 많을 거니까 그것도 나쁘지 않아요.”

재석이는 아빠를 안심시키려고 애를 쓰는 듯했다.

아빠가 어렵사리 산 아래에 집을 얻은 것도 알고 보면 집 옆에 작은 학교가 있었기 때문이다.

“아령아, 우리 소풍 가자.”

엄마가 기분 전환이라며 가족 소풍을 제안했다.

“여기 와서 코앞에 있는 산도 못 가봤다는 게 말이 되니?”

“소풍?”

“그래 소풍. 휴양림에 가서 점심 먹고 가을 햇살도 쪼이고, 우리 가족 모두 산 기운 듬뿍 받고 오자고.”

엄마의 제안에 모두 환영하는 기색이었다.

토요일, 우린 일찍부터 중미산 휴양림에 갈 준비로 바빴다. 엄마의 도시락 싸는 손이 아주 분주했다. 나는 두꺼운 양말을 꺼내 신고 땀 흡수가 잘되는 면 티도 챙겨 입었다. 등산가는 걸 좋아하는 아빠가 가장 신이 난 듯 보였다. 아빠는 배낭을 꾸리며 얇은 담요도 넣고 비옷도 챙겼다. 그때 재석이는 라면과 과자 봉지들을 챙겨와 아빠의 배낭에 집어넣었다.

코란도 뒷좌석에 짐을 싣고, 엄마가 준비한 도시락을 마지막에 실었다. 휴양림은 차로 10분 정도의 거리에 있었다. 백미러로 본 아빠의 표정이 편안해 보였다. 차를 타고 가는 동안 산바람이 살랑살랑 불어왔다. 맑은 공기가 숨통을 트이게 했다. 나무 그림자가 무성한 중미산 입구에서 차를 멈췄고, 각자 짐을 들고 휴양림 안으로 들어섰다.

문호천 계곡이라는 안내판이 보이는 곳으로 한참을 들어가자 계곡이 눈에 들어왔다. 물이끼가 낀 돌들과 바위 웅덩이들도 보였다. 느린 물살에 진초록의 여름 대신 붉은 빛이 도는 나뭇잎들이 폭신하게 떨어져 발에 밟혔다. 나는 편편한 자리를 차지하려고 걸음을 빠르게 움직였다.

"숲에선 빠르게 걷지 않아도 돼."

아빠가 내게 소리쳤다. 나도 모르게 빠르게 걸었던 건 서울에 살았을 때부터 있던 습관이었다. 언제나 나는 무엇을 하든 빨리 가야 했다. 공부도 무조건 목표의식 없이 그냥 경쟁적으로 했지만 그럴 필요가 없었다. 조금 느리더라도 내가 하고 싶은 것을 찾는 게 진짜다.

여기서는 빠르게 걸음을 재촉할 필요가 없었다. 아무도 우리 자리를 차지하려고 애쓰지 않았다. 아빠의 말대로 나는 내 걸음의 속도로 발걸음을 늦췄다. 느리게 걷다 보니 이끼를 뒤집어쓴 바위와 개미들이 부지런히 흙을 나르는 모습이 보였다.

하늘을 찌를 듯한 중미산의 나무들이 힘을 바짝 주고 서 있는 모습이 당당했다.

울창한 초록 식물들이 빽빽한 숲에서 피톤치드 냄새가 코끝에 와 닿자 몸이 가벼웠다. 아빠가 기를 쓰고 이 산 근처로 이사를 온 이유를 조금 알 것 같았다.

돌계단을 오르자 편편한 곳에 돗자리를 펴고 도시락을 꺼냈다. 음료수와 과일은 계곡 물속에 넣어두었다. 채반에서 밤과 율무 감자가 섞인 잡곡밥이 나왔고 엄마가 손수 따낸 표고버섯 볶음과 몇 가지의 나물들과 닭볶음까지 있었다. 우리 가족은 마주 앉아 풀어놓은 음식을 먹었지만 나는 예전 기억이 되살아났다. 아빠가 쓰러지던 그날이 잠시 머릿속에 떠올라 수저를 내려놓았다.

"우리 아예 산림욕장으로 짐 싸들고 와버릴까? 앓던 병이 다 나을 것 같아. 이렇게 건강한 밥 먹고 나무에서 뿜어내는 맑은 공기 마시며 사는 게 진짜 행복이야. 그래서 말인데…… 아빠가 새로운 일에 도전하기로 했다."

"또 무슨 도전?"

엄마가 가시 돋친 말과 함께 불안한 눈길을 보냈다.

"이 사람아, 말이나 들어봐."

"당신 또 사고 치려는 거지? 당신은 그냥 가만히 있는 게 도와주는 거야. 만약 다시 사고 치면 이혼하는 수가 있어."

"나 아직 안 죽었거든, 산 기운 얻고 일어설 거라고! 안 그
래? 아령아?"

갑자기 아빠가 내게 구원 요청을 했다. 아빠가 어떤 심정으
로 이런 말을 하는지 짐작이 갔다. 무기력하게 집에서 빈둥대
는 아빠 모습은 보기 싫다. 나는 건강에 무리가 되지 않는 범위
에서 무엇이든 도전하는 아빠의 모습이 좋다. 아빠가 잔소리꾼
이든 짠돌이든 이제 중요하지 않다.

"아빠가 하려는 도전이 뭔데?"

아빠를 재촉하며 물었다. 아빠의 도전이 뭘까 궁금해서 견딜
수가 없었다.

"숲 해설가."

"숲 해설가? 그런 직업도 다 있어? 처음 듣는 직업이네."

"숲 해설가, 그거 왠지 전문가 냄새가 폴폴 나는데."

나는 숲을 해설하는 아빠를 떠올려 보았다. 숲이라는 공간이
왠지 편안함을 주었다.

"숲 해설은 주로 주말에 하는 일이야. 주중에는 농사일 거들
면서 쉬엄쉬엄 할 수 있어. 이번에 군청에서 숲 해설가 자격증
반을 만든다고 해서 이미 신청을 해뒀지."

"내 허락도 없이 맘대로? 그 자격증 따면 당신 무슨 일 하는
건데?"

엄마의 눈이 점점 커지면서 꼬치꼬치 물었다.

싸가지 생존기

"산을 방문하는 사람들에게 숲에 사는 생물들을 알리고, 숲에 얽힌 역사나 이야기도 해주는 일이야."

"진짜? 누가 숲 해설 들으려고 돈까지 내?"

"요즘 사람들, 맑은 공기 찾아다니는 사람들이 얼마나 많은데. 더구나 청소년 보호 관찰 아이들에게 숲 체험을 시켜 마음을 다독이는 일들도 한대. 큰돈 버는 건 아니지만 의미 있는 일이야. 나도 산을 떠나 살 수 없으니까 숲 해설이 딱 어울리는 일이지."

"숲 해설가? 오랜만에 말이 되는 소리를 하네. 사고만 치지 말고 해. 그럼 내가 허락할게."

엄마는 처음으로 아빠의 말에 시비를 걸지 않고 허락했다.

"숲이 사람을 치유한다는 소리는 틀린 말이 아냐. 날 보면 알잖아. 몸이 힘들어도 숲을 걸으면 한결 기분이 나아져. 호된 신고식이었지만 아직 건재하잖아. 서울 같았으면 벌써 자리에 누웠어."

"그건 당신 말이 맞아."

엄마가 어쩐 일로 아빠의 말에 맞장구까지 쳤다.

엄마와 아빠가 이번 일로 부쩍 사이가 더 좋아졌다. 우린 숲속에서 어떤 일로 절망했고 어떤 일로 꿈을 키울 것인지 해가 지기 전까지 도란도란 이야기를 나누었다.

그날 오후 수업이 끝난 후 싸가지의 집으로 갔다. 싸가지와 나는 캐리어에 피규어와 인형들을 차곡차곡 넣었다. 싸가지가 피규어와 인형들을 몽땅 어린이 병원에 기증하기로 결심했기 때문이다. 캐리어 옆에 잭이 예전의 몸을 되찾은 채 놓여 있었다. 잭을 다시 수선한 모양이었다. 싸가지는 잭까지 캐리어 안에 넣었다.

"너 잭 없이 괜찮겠어?"

"나처럼 잭이 필요한 아이들이 있잖아. 잭은 이제 내 추억이야. 언제까지 잭을 끼고 애들처럼 징징거릴 순 없잖아. 그리고 이번 기회에 병원 봉사도 하기로 했어."

"와, 멋지다! 어떻게 그런 생각을 했니?"

"나 새로 태어난 것 같아. 이제 겁먹은 채로 살지 않기로 했어. 내 버킷리스트가 달라졌거든."

"와, 그게 뭔데?"

"이제 살아 있는 애들한테 관심이 조금 생겼어."

"살아 있는 것?"

"고양이 한 마리와 개 두 마리."

"진짜?"

싸가지는 고개를 끄덕였다.

"나도 결정한 게 있어."

"뭔데?"

"나 글 쓰는 일에 관심이 생겼어."

"너야말로 새로운 일에 도전이네."

"그동안 내가 관심이 있는 게 뭔지 잘 몰랐거든, 근데 어느 순간 사람에 대한 궁금증이 생겼고 내 속에 사람 안테나가 있다는 걸 알았어."

"오호, 내가 너의 안테나에 걸렸구나."

"그런가. 틀린 말도 아니지."

"넌 집중력이 좋은 애니까 해낼 거야. 아니 꼭 해야 돼. 넌 나의 영양제니까."

"영양제? 그거 너한테 필요한 거네. 그럼 넌 나의 뮤즈야."

"뮤즈? 뮤즈가 뭐야? 난 무식해서 모르겠어!"

"영감을 주는 사람."

"진짜! 주아령! 고맙다. 내가 너의 뮤즈라서!"

싸가지는 내 말에 날 얼싸안으며 아이처럼 좋아했다. 싸가지에게 뮤즈가 뭐라고 이리 좋아하는 건지 모르지만 그 모습이 싫지는 않았다.

애니메이션 고등학교의 실기 시험 날이다. 나는 아침 일찍부터 아빠 차를 타고 애니고 시험장으로 향했다. 애니고 진학 결정을 한 후 가장 기뻐한 사람은 아빠였다.

"아령아, 너 나중에 작가라도 되면 내 얘기 써주는 거 잊지 마라.”

“아빠, 벌써부터 김칫국이야! 난 아직 학교도 안 갔거든!”

“아령이 네가 글을 쓴다고 생각하니 가슴이 다 두근거리네.”

차를 타고 가는 동안 아빠가 최종 목표는 외고가 아니라는 말, 그 말이 무슨 뜻인지 조금 이해가 되었다.

내 꿈을 찾게 된 과정에서 싸가지의 영향이 컸다. 나도 잘 몰랐던 진짜 꿈을 향해 한발 다가선 느낌이다. 누군가를 관찰하며 글을 쓰는 재미를 알게 되면서 미래에 대한 막연한 두려움도 사라졌다.

시험장에 앉아 잠시 마음을 가다듬고 눈을 감았다. 잠시 후 시험 감독관이 들어와 문제지를 나눠주었다. 글제로 ‘죽다’라는 제목이 나왔다. 제목이 너무 어두웠다. 글제가 막막했지만 내가 가장 잘 아는 사람의 이야기가 영감처럼 불쑥 떠올라 그냥 죽 써내려갔다. 죽음에 대한 강박을 이겨낸 좀 어이가 없는 이야기지만 결국 살자로 결말이 바뀌는 이야기다. 글을 다 쓴후 이상하게 기분이 개운했다. 펜 하나로 보이지 않는 세계를 만들었다. 숨겨진 이야기를 세상 밖으로 꺼내 보여주는 매력을 발견했다. 애니고에 붙든 안 붙든 이젠 중요하지 않다. 내 꿈을 발견한 이상 떨어진다 해도 멈출 이유가 없었다. 내게 새롭게 도전할 일이 생겼다는 건 흥분되는 일이다.

해가 바뀌고 설날이 돌아왔다. 산속 겨울은 온통 하얀 눈으로 뒤덮였다. 엄마는 설날이 싫다고 했다. 떡국을 먹는 건 나이를 먹는 거라고 떡국 대신 만둣국을 끓였다. 우리 가족은 설날 신년 예배를 드리는 것을 잊지 않았는데 결국 교회에서 점심으로 떡국이 나와 할 수 없이 먹고 말았다.

설 연휴가 끝이 나고 두 가지 좋은 소식이 있었다. 아빠는 숲 해설가 자격증을 땄고, 운 좋게도 중미산 천문대에 계약직 일도 얻어냈다. 그 덕에 천문대 행사 요원으로 출근하게 되었다. 1년 단위 계약직이지만 아빠는 세상을 다 얻은 듯 좋아했다. 아빠는 숲에서 진짜 별지기가 된 셈이다. 아빠의 구겨진 얼굴이 드디어 조금씩 펴지기 시작했다. 처음 이곳에 왔을 때 아빠의 결심처럼 약도 서서히 줄여나갔다. 분명 지금까지 본 아빠의 얼굴 중 가장 행복한 얼굴이었다. 아빠는 매 순간 위기였지만 작은 꿈들을 포기하지 않고 일궈나갔다. 아빠는 좌절을 딛고 일어나는 법을 몸소 증거로 보여줬다. 우리 가족의 악몽은 이제 끝이 나는 것 같았다.

그 다음은 싸가지의 문자였다.

- 나 수술하러 간다. 와 줄 거지?^^
- 당연하지. 수술은 아주 잘될 거야.

싸가지의 수술이 순조롭게 진행될 거라는 사실을 믿었다. 아빠가 집 앞에 차를 대고 엄마와 나를 기다렸다. 대문 밖으로 나와 보니 산등선에서 눈이 날리고 있었다.

"아빠, 길 미끄러지지 않게 조심해."

"걱정 마. 이미 스노우체인 감았어."

"네 아빠, 이제 차에 돈 좀 쓴다. 사람 목숨이 돈보다 중한지 톡톡히 알았잖아."

엄마는 끝내 아빠의 아픈 곳을 한 방 찔렀다. 차가 조심스럽게 스르르 움직였다. 바람이 차지 않는 날씨였지만 흰 눈이 조금씩 산자락을 덮고 있었다.

병풍처럼 둘러싸인 중미산을 처음으로 눈에 가득 담아본 날이었다. 여전히 서울로 나가는 길목은 처음 이사 왔던 날처럼 차들이 줄지어 늘어섰다. 그날 느꼈던 낯선 곳에 대한 두려움이 떠올랐다. 차가 막히자 나는 그날처럼 유튜브를 보며 시간을 보냈다.

한 가지 달라진 점이 있다면 막연한 두려움이 나도 모르게 서서히 사라지고 있다는 것이었다. 캄캄한 터널을 곧 통과할 것 같은 기분이다.

만약 기숙사가 있는 애니고에 합격한다면 어쩌면 나는 중미산 자락을 오랫동안 떠나 있어야 할지도 모른다. 그사이 싸가지의 손톱은 정상적으로 자라 있겠지. 그리고 우리의 버킷리스트는 여전히 진행 중일 것이다.

"카톡."

그때 핸드폰에서 카톡 소리가 들렸다.

- 야! 싸가지 어디야! 빨리 와! 수술 끝났어!

싸가지의 톡이었다.

- 누구더러 싸가지래. 넌 처음부터 싸가지였어!

창작 노트

싸
가
지 생
존
기

인간은 어떠한 환경에서도 생존할 수 있도록 만들어졌다. 고통은 생명체를 유지하기 위한 유전자 프로그램이라는 말도 있다. 그래서 고통과 통증을 참아낸 후에는 언제나 안도와 행복감이 보상으로 오는 건지도 모른다. 가끔 정상적인 궤도에서 이탈한 사람들이 상상할 수 없는 에너지를 발휘하며 위기를 극복해 나가는 모습을 종종 볼 수 있다. 그리고 그 힘은 위대하다.

내가 양평을 처음 찾은 것은 머리를 식히러 간 것이 아니라 서울 사는 친구가 양평으로 삶의 터전을 옮기게 되었기 때문이었다. 그때는 17년 전이라 지금보다는 훨씬 향토적인 공간이었다. 더구나 친구가 이사한 곳은 양평 초입에서도 한참을 산 쪽으로 들어가는 마을이었으니 참으로 심란한 상황이었다. 나 역시 개인적으로 고민이 많을 때였고 마음을 달래고 싶어 핑계 삼아 집을 나섰던 길이었다.

초행길이었으나 중미산으로 들어가는 길은 참으로 아름다웠다. 마침 10월이었고 은행나무들이 황금빛 자태로 서 있는 모습에 눈을 떼지 못했다. 구불거리는 길을 가도 가도 집이 나오지 않아 불안했던 기억이 있다. 중미산 자락을 끼고 돌아 스머프가 살 것 같은 친구의 집에 도착한 뒤 나는 며칠을 묵었다. 가로등 하나 없는 마을에서 한 치 앞도 볼 수 없는 칠흑 같은 어둠이 무엇인지 알게 되었다. 또 친구의 자녀들이 다니는 초등학교에서는 은행나무 축제를 한다고 마을 사람들이 늦은 밤까지 축제의 한마당을 펼치는 모습이 너무나 인상적이었다. 서울에서는 볼 수 없는 정겨운 모습들이었다. 사람 냄새 물씬 나는 은행나무 축제를 즐기는 동안 머릿속에 이고 간 여러 가지 고민거리들을 잠시 내려놓을 수 있었다.

그로부터 시간은 흘렀고, 친구의 자녀들도 장성했다. 그러나 내 마음속에 양평이란 공간은 지워지지 않았고 소설의 공간으로 다시 자리를 잡았다. 소설 안에서 그때의 기억을 모티브 삼아 지금의 이야기로 다시 만들어 보았다.

나는 작품을 쓸 때 주변에서 보고 들은 일들을 모티브로 쓰는 경향이 있다. 그래야 머릿속으로 이미지가 되어 이야기를 진행하기 수월하기 때문이다. 이 작품 역시 양평의 이미지가 바탕이 되어 초고를 쓰기가 수월한 편이었다. 그러나 문제는 언제나 인물에 대한 부분이 구체화되지 못해 완성도가 떨어지는 상황이 벌어져 여러 번 고쳐야 했다. 이 작품의 초고는 4년 전에 완성되었으나 나의 게으름으로 인해 이제야 세상에 나오게 되었다. 소설의 모티브가 되었던 지인의 가족 이야기를 쓰려니 조심스럽기도 했고 부담감으로 다가왔다. 그러나 양평에 뿌리를 내리려는 한 가족의 치열한 분투기가 생존을 향한 몸부림이고 실존이라는 생각이 작품을 쓰는 내내 들었다. 그리고 두 소녀의 결핍은 내 사춘기를 떠올리게 했다. 그래서 늘 10대의 성장소설은 내가 가장 사랑하는 이야기들이 되는지도 모르겠다.

나는 오늘을 살아내는 청소년들의 교육적 환경이 가장 극한 현실이라는 생각이 든다. 우리의 청소년들이 극한 시간을 잘 견뎌낼 수 있는 에너지가 있었으면 하는 바람이다. 결국 이런 친구들이 싹수 있는 싸가지들이 아닐까 싶다.

2019년 봄
손현주

싸가지 생존기

싸가지 생존기

ⓒ 손현주, 2019

초판 1쇄 발행일 | 2019년 4월 8일
초판 5쇄 발행일 | 2021년 1월 18일

지은이 | 손현주
펴낸이 | 사태희
편집인 | 배우리
디자인 | 엄세희
마케팅 | 장민영
제작인 | 이승욱, 이대성

펴낸곳 | (주)특별한서재
출판등록 | 제2018-000085호
주 소 | 서울시 마포구 양화로 59 화승리버스텔 703호
전 화 | 02-3273-7878
팩 스 | 0505-832-0042
e-mail | specialbooks@naver.com
ISBN | 979-11-88912-41-4 (43810)

이 도서의 국립중앙도서관 출판예정도서목록(CIP)은 서지정보유통지원시스템
홈페이지(http://seoji.nl.go.kr)와 국가자료종합목록시스템(http://www.nl.go.kr/kolisnet)에서
이용하실 수 있습니다. (CIP제어번호: CIP2019008725)